Hartmut Lange

Der etwa vierzigjährige Mann

Diogenes

Covermotiv: Gemälde von Michail Wassiljewitsch Nesterow
›Porträt von Maler Pawel Dmitrijewitsch Korin‹, 1925
Copyright © Album/Alamy Stock Foto

Der Diogenes Verlag wird vom Bundesamt für Kultur
für die Jahre 2021–2025 unterstützt

info@diogenes.ch · www.diogenes.ch
In Fragen zur Produktsicherheit (GPSR):
truepages UG (haftungsbeschränkt)
Westermühlstrasse 29, 80469 München
info@truepages.de
20/25/44/1
ISBN 978 3 257 07343 0

Ich danke Ulrike für ihre Mitarbeit

Inhalt

Der etwa vierzigjährige Mann

Kennt man die Elbe, jenes 1094 Kilometer lange Gewässer, das im tschechischen Riesengebirge entspringt und bei Cuxhaven in die Nordsee mündet? Meist sieht es so aus, als hätte der Fluss, wo er das Flachland passiert und besonders, wenn es regnet, Mühe, seine Ufer zu verteidigen. Dann wirkt alles wie eine überflutete Sumpflandschaft. Es gibt aber auch Gebiete, die man, obwohl von Wasser umgeben, betreten kann. Und steht dort nicht ein etwa vierzigjähriger Mann? Er hat den Mantel ausgezogen und über den Arm gelegt, er sieht sich mehrmals um, geht auf das Ufer zu, um hinter dem hohen Schilfgras zu verschwinden. Und während man dies beobachtet, erinnert man sich daran, dass hier, es ist nicht lange her, zwei verfeindete Länder aneinandergrenzten und dass man versucht war zu fliehen und immer in eine Richtung, nämlich von Ost nach West, dorthin, wo die Elbe das Meer erreicht.

Aber mittlerweile hatte sich die politische Landschaft geändert. Der etwa vierzigjährige Mann hatte keinen Grund mehr, an ein anderes Ufer zu fliehen. Er hätte einen Mietwagen oder ein öffentliches Verkehrsmittel benutzen können. Schließlich hörte man, wie auf der nahen Brücke, auch wenn man sie nicht sah, ein reger Verkehr im Gange war. Und doch warf der Mann plötzlich den Mantel, den er ausgezogen hatte, in hohem Bogen in das Wasser. Dann griff er in das Schilf, um einige Kleidungsstücke herauszuziehen. Genauer: Er wechselte nicht nur den Mantel, sondern auch Hemd und Hose, sodass er zuletzt nicht mehr wie ein Bewohner aus der Gegend, sondern wie jemand aus einer anderen Zeit aussah.

»Ich habe keine Lust mehr, in dieser Ödnis anwesend zu sein«, hörte man ihn sagen. »Eine andere Kleidung, schon eine Tunika, macht die Sache leichter, und falls es möglich ist, werde ich auf der Stelle in jene Landschaft hinüberwechseln, die man uns jahrhundertelang anempfohlen hat.«

Und nun geschah etwas, das den merkwürdigen Anblick dieses Mannes, er war dabei, den Gürtel über der Tunika zu binden, übertraf. Die Bäume ringsherum verschwanden, sodass man plötzlich die Brücke sah, auf der aber keine Autos, sondern eine Carruca auftauchte und direkt in Richtung Ufer, genauer dorthin fuhr, wo der Mann mit der Tunika stand. Sekunden später saß er, und dafür gab es keine Erklärung, auf der mit Tuch überzogenen Bank ebenjener Carruca.

Man kennt das Gefühl, das einen überkommt, wenn man, und auf so bequeme Weise, die Gelegenheit erhält, sich einfach, und als wäre man im Urlaub, in der Vergangenheit umzusehen. Und so kam es, dass die Carruca, die eben noch die Elbbrücke entlangfuhr, in die berühmte Via Appia einbog.

Die Straße war in schlechtem Zustand und das Rattern der mit Eisen beschlagenen Räder über die großen Steinquader unerträglich, und zuletzt lenkte man das Gefährt in Richtung Westen, wo es schließlich vor einer Häuserfront zum Stehen kam. Bedienstete öffneten eilig die Tür der Carruca, und auch den kleinen Koffer, den der etwa vierzigjährige Mann in Händen hielt, trug man und ohne ein Wort der Erklärung in das Gebäude.

Im Erdgeschoss befanden sich Geschäfte mit einem Hof und mehreren Anbauten, die Fenster bildeten eine einheitliche Fassade, und dahinter gab es Wohnungen, die man von der Straße aus erreichen konnte. Sie waren eng. Hier lebten die weniger Begüterten, und der Zustand dieser sogenannten Insulae war nicht sehr robust. Es kam immer wieder vor, dass Häuser wegen baulicher Mängel einstürzten, aber dies konnte der etwa vierzigjährige Mann nicht wissen.

Er zögerte, blieb stehen, schloss den Gürtel, der sich über der Tunika gelöst hatte, und keine Viertelstunde später stand er auf einem Balkon und versuchte, sich in dem Wirrwarr der Häuser, die er vor Augen hatte, zurechtzufinden. Es war niemand mehr zu sehen, und da man ihm keinerlei Informationen gegeben hatte, überlegte er, ob es sinnvoll wäre, erst einmal in die Innenstadt zu gehen, um sich einige der berühmten Bauten anzusehen.

Als er unterwegs war, bemerkte er, wie sehr er sich überanstrengt hatte. Selbstverständlich war es eine Zumutung, ohne Ruhepause und ohne etwas zu essen, von der Elbe bis in die römische Hauptstadt zu gelangen. Aber schon hörte er wieder das Rattern der Carruca, und tatsächlich öffnete sich, nachdem man ihn eingeholt hatte, die Tür. Jemand schien ihm die Hand zu reichen. Er stieg ein, und man fuhr ihn, was seit Langem sein Wunsch gewesen war, zum Amphitheatrum Novum.

Dieser berühmte Bau wurde zwischen 70 und 80 n. Chr. errichtet, und hier gefiel es dem etwa vierzigjährigen Mann. Er musste kein Ticket kaufen, der Eintritt war frei, und er stieg in der Absicht, von oben eine bessere Übersicht zu gewinnen, sofort in das dritte Stockwerk.

Dort saß er eine Weile. Er war überwältigt von der Größe und der gleichzeitigen Geborgenheit, die die Architektur ausstrahlte. Da waren die vielen Eingänge und überall Treppen aus Marmor, die hierhin und dorthin führten, und dazu die vielen Leute.

›Es müssen Tausende sein‹, dachte er.

Und doch fühlte er sich keineswegs bedrängt, denn er sah den Himmel.

›Keine einzige Wolke. Dafür ein unendliches Blau. Das gibt es nur hier‹, dachte der etwa vierzigjährige Mann. ›Schade, dass man die Zypressen und die Pinien nicht sieht.‹

Aber schon wurde er abgelenkt. Man hörte von irgendwoher Musik. Zuerst sehr leise wie von einer Tibia, diesem filigranen Blasinstrument, das den Eindruck vermittelte, es würde, wenn man es über die Schultern schob, zerbrechen, und als die Musik lauter, ja beinahe unerträglich wurde, betraten festlich gekleidete Männer mit Pauken und Trompeten die von Sträuchern umstandene Plattform, und die Begeisterung des Publikums kannte keine Grenzen. Man sprang von den Sitzen, und auch der etwa vierzigjährige Mann ließ sich von der allgemeinen Stimmung mitreißen. Das heißt, auch er war aufgesprungen, klatschte in die Hände, und die Elbe, an der er vor Kurzem noch gestanden hatte, war vergessen.

Dies ging eine Weile, bis die Musikanten ihre Instrumente absetzten. Eine unheimliche Stille trat ein. Auf der rechten Seite der Arena öffnete sich ein Tor, und Schritt für Schritt wurde ein riesiger Käfig hereingeschoben. Die Musikanten verschwanden, halb nackte Männer, die mit Schwertern und Lanzen bewaffnet waren, tauchten auf. Sie gingen in Stellung, und der etwa vierzigjährige Mann sah, wie der Käfig geöffnet wurde und wie wilde Tiere, darunter Tiger und Löwen, in den Sand der Arena sprangen.

Man kennt die jahrhundertealten Zeichnungen, die zeigen, wie Menschen und Tiere im Kolosseum gezwungen werden, sich gegenseitig zu töten, und wie dies im Einzelnen geschah, das wurde dem etwa vierzigjährigen Mann jetzt vorgeführt.

Ein schreckliches Gemetzel begann. Man hörte das Gebrüll der Tiere, die keinerlei Möglichkeit hatten, sich zu retten. Das heißt, der etwa vierzigjährige Mann sah, wie mehrere Stiere und ein junger Elefant abgestochen wurden und dass dies bei einem der Löwen offensichtlich nicht gelang. Hier schützten weder Schild noch Schwert. Wer verletzt wurde, musste liegen bleiben, und wer tot war, Mensch oder Tier, wurde aus der Arena gezogen.

»Aufhören!«, schrie der etwa vierzigjährige Mann, »aufhören!«

Er sprang von seinem Sitz, hatte Mühe, den berühmten Bau, den er so gern in Augenschein genommen hatte, wieder zu verlassen. Er wurde bedrängt, man versuchte ihn festzuhalten, offensichtlich verstand man nicht, weshalb er die allgemeine Begeisterung nicht teilte, und als man begann, auf ihn einzuschlagen, tauchte plötzlich von hinten ein bewaffneter Liktor auf, der ihn am Arm packte und sicher über mehrere Treppen hinweg zum Ausgang führte. Dort ließ er ihn stehen, und es war unübersehbar, wie fassungslos der etwa vierzigjährige Mann war, das heißt, er drehte sich immer wieder um, sah die prächtige, an Schönheit nicht zu übertreffende Fassade des Kolosseums und bemerkte jetzt erst, dass in jeder der Nischen eine anmutige Skulptur stand.

›Warum dann dieses Gemetzel‹, dachte er. ›Hier könnte man doch Konzerte, Theateraufführungen oder sonst etwas Erbauliches veranstalten.‹

Aber für den Augenblick wollte er nur noch weg, und es war ihm nicht unangenehm, dass die Carruca wieder in seiner Nähe stand und dass ihm jemand, wie es schien, durch die offene Tür die Hand entgegenstreckte, sodass er Sekunden später wieder auf der mit Tuch überzogenen Bank saß.

Die Pferde setzten sich in Bewegung. Sie überquerten die Via Cellio Vibenna, und nachdem offensichtlich war, dass die Carruca auf das Forum Romanum einbog, konnte man vermuten, dass der etwa vierzigjährige Mann nach seinen Erfahrungen im Kolosseum keine Lust mehr hatte, sich sofort anderen Sehenswürdigkeiten zuzuwenden.

Die Fahrt durch das Forum Romanum verlief reibungslos, und nachdem sie den steilen Weg zum Palatin hinter sich hatten und die Carruca anhielt, wohl in der Absicht, den etwa vierzigjährigen Mann aussteigen zu lassen, blieb dieser einfach sitzen, und wenig später rollte die Carruca wieder in die Ebene hinunter, dorthin, wo es zum Tiber nicht mehr weit war.

›Der würde mich interessieren‹, dachte der etwa vierzigjährige Mann.

Diesmal stieg er aus, ging zu Fuß weiter, und schon nach wenigen Metern sah er auf beiden Seiten der Straße Blumen und Sträucher von überwältigender Schönheit. Es waren Bougainvilleen und Oleander in vielen Farben, Violett, Rot, Gelb, Weiß, die miteinander zu konkurrieren schienen.

›Hier würde ich verweilen‹, dachte der etwa vierzigjährige Mann, ›wenn ich nicht wüsste, dass es am Tiber noch schöner ist. Also nichts wie hin.‹

Er beeilte sich, durch den hohen Wildwuchs hindurch zu der glitzernden Wasserfläche zu gelangen. Aber je näher er kam, desto weniger konnte er erkennen. Die Sonne war von solcher Strahlkraft, dass er sich die Hand an die Stirn halten musste, und plötzlich glaubte er etwas zu sehen, was er noch nie gesehen hatte. Der Fluss hatte eine merkwürdige Färbung, weder grau noch grün, sondern irgendwie rot.

›Warum das‹, dachte er, doch schon entdeckte er zwei nackte Körper, die auf der Wasseroberfläche trieben und einige Meter entfernt noch einmal dasselbe …

›Es scheint, als gäbe es dort noch mehr Leichen‹, dachte der etwa vierzigjährige Mann und erschrak.

Er wandte sich ab, wollte jemanden fragen, aber keiner wollte ihm antworten, und so war er froh, als von Weitem die Carruca wieder auftauchte. Er lief die Böschung hinauf, wusste nicht, ob ihm jemand die Hand entgegenstreckte. Er wusste nur, dass er kurz darauf auf der mit Tuch überzogenen Bank saß.

Die Fahrt, die folgte, dauerte etwas länger, und das war offenbar einem Wetterwechsel geschuldet. Wo eben noch ein blauer Himmel zu sehen war, erschien am Horizont plötzlich eine mehrfach überlagerte Wolkenwand, und der

Wind, der durch die Straßen fegte, rüttelte an den Baumkronen. Zuletzt flogen Sand und Abfallfetzen durch die Luft, und die Einwohner hatten Mühe, sich in Sicherheit zu bringen. Man hörte Kindergeschrei, überall wurden im Laufschritt Sänften in die Hauseingänge getragen, aber was merkwürdig war: Die Pferde, die vor die Carruca gespannt waren, blieben ruhig, sodass sie keinerlei Mühe hatten, ihr Ziel außerhalb der Stadt zu erreichen. Es war die Villa des überaus berühmten Lucius Annaeus Seneca.

»Ich habe Sie erwartet«, sagte er, gab dem etwa vierzigjährigen Mann die Hand, und keine Minute später saßen die beiden in einer Ecke des Atriums, und was Seneca zu sagen hatte, war alles andere als erfreulich.

»Wundern Sie sich nicht, wenn ich Sie mit einem Problem belästige, das Sie nichts angeht«, sagte er. »Aber Sie haben ja nun, aus welchem Grund auch immer, einen großen Sprung in die Vergangenheit gemacht, immerhin zweitausend Jahre, und vielleicht könnten Sie mir dabei behilflich sein, einen ebenso großen Sprung in die Zukunft zu unternehmen.«

Für Augenblicke herrschte Schweigen. Der etwa vierzigjährige Mann hatte offenbar Mühe, die Situation, in die er so plötzlich geraten war, zu begreifen.

»Ich war eben noch am Tiber unterwegs«, sagte er schließlich, »und bin einigermaßen entsetzt: Der Fluss war blutrot, und überall schwammen Leichen. Kurze Zeit vorher war ich im Kolosseum, und was ich dort zu sehen bekam, hat mich ebenso entsetzt. Nur Mord und Totschlag! Und dazu der Jubel des Publikums. Was um Gottes willen soll ich davon halten.«

Seneca winkte einen Diener herbei, sorgte dafür, dass man zwei Becher und eine Karaffe bereitstellte.

»Jetzt trinken wir erst einmal einen Schluck«, sagte er, während man die Becher füllte. »Er ist köstlich, er kommt aus meinen Weinbergen.«

Und nun, nachdem die beiden getrunken hatten, herrschte wieder Schweigen.

»Es tut mir leid«, sagte Seneca, »dass Sie in so einem außergewöhnlichen Gebäude wie dem Kolosseum die Gewohnheiten unseres Zeitalters erleben mussten. Trotzdem: Ich glaube immer noch daran, dass die Menschlichkeit mächtiger ist als das Schicksal, und so hoffe ich darauf, dass auch der Tiber eines Tages seine Leichen und damit seine rote Färbung loswerden wird. Ich weiß, wovon ich rede. Ich war der Erzieher des gegenwärtigen Kaisers und bin zurzeit damit beschäftigt, auf seine Anweisung hin meinen eigenen Tod vorzubereiten: Deshalb entschuldige ich mich jetzt. Es muss getan werden, was unausweichlich ist.«

Damit stand er auf, stellte den Becher ab und verließ den Raum. Der etwa vierzigjährige Mann wagte nicht, ihm zu folgen. Hilflos sah er zu, wie der Diener damit beschäftigt war, Becher und Karaffe abzuräumen, dann war er allein. Er wusste, dass Seneca dreimal versucht hatte, sich das Leben zu nehmen, und er ahnte, dass dies der letzte Versuch sein würde. Aber was sollte er tun?

›Ich muss dieses Haus so schnell wie möglich verlassen‹, dachte er.

Zögernd ging er auf eine der Türen zu, öffnete sie einen Spaltbreit. Ein leerer Raum, niemand zu sehen, und erst die dritte Tür führte ins Freie.

›Jetzt bloß nicht die Carruca‹, dachte der etwa vierzigjährige Mann.

Aber schon stand sie da, sodass ihm nichts anderes übrig blieb, als einzusteigen, und es war ihm nicht unangenehm, dass die Fahrt immer schneller wurde, das heißt, die Landschaften, die sie passierten, flogen, so war sein Eindruck, an ihm vorbei. Er schloss die Augen, und was weiterhin geschah, wusste er nicht, er wusste nur, dass er irgendwann aufwachte und sich in einer anderen Zeit befand.

›Ich muss sehr lange geschlafen haben‹, dachte er, sah eine Gruppe von jungen Leuten, die die Carruca umstanden. Sie hatten bunte Kleider an, und auch er, der etwa vierzigjährige Mann, bemerkte plötzlich, dass er statt der Tunika lange Strümpfe und Hosen trug, die ihm bis über die Knie reichten, dazu eine Weste und ein Cape.

Wer die Gelegenheit hat, sich in der Zeit der Renaissance aufzuhalten, für den gibt es vor allem ein Ziel, Florenz, jene Stadt, in der die Kunst zu Hause ist, und genau dorthin hatte ihn die Carruca gebracht. Sie stand mitten auf dem Ponte Vecchio. Der etwa vierzigjährige Mann sah über die Steinbrüstung hinweg in den Arno. Der Himmel spiegelte sich in dem graublauen Wasser. Da gab es keine rötliche Färbung und keine Leichen zu sehen.

»Seien Sie willkommen«, sagte jemand, der plötzlich neben ihm auftauchte. »Mein Name ist Girolamo, und es wäre mir eine Ehre, Ihnen dabei behilflich zu sein, unsere wunderschöne Stadt zu besichtigen.«

Die Gruppe trat zur Seite, der etwa vierzigjährige Mann stieg aus, und er spürte, was für ihn befremdlich war, wie sein Begleiter ihn sofort unterhakte. Sie verließen die Brücke, und ihr erstes Ziel war die Piazza della Signoria.

»Es ist einer unserer schönsten Plätze«, sagte Girolamo. »Hier, im Palazzo Vecchio, tagt unser Parlament.«

Sie begannen, Einzelheiten zu besichtigen, das heißt, Girolamo, vielleicht weil er ein bedeutender Repräsentant dieser Stadt war, hatte überall freien Zugang, sodass sie auch Fresken, Skulpturen, Gemälde und sogar geheime Gänge im Inneren bewundern konnten. Aber plötzlich, ganz unvermittelt, war da wieder dieser unangenehme Griff.

»Das Nächste, was ich Ihnen zeigen möchte«, sagte Girolamo, »ist der Dom. Dieses Bauwerk ist unvergleichlich. Filippo Brunelleschi hat sich gegen viele Widerstände durchgesetzt. Am besten, Sie überzeugen sich selbst«, sagte er und zog ihn ins Freie.

Sie gingen die fünfhundert Meter bis zum Dom, und was dem etwa vierzigjährigen Mann auffiel, war, dass der andere ihn immer noch untergehakt hielt, obwohl er mehrere Versuche gemacht hatte, freizukommen. Als sie den Dom betraten, war er begeistert. Girolamo erklärte ihm die Besonderheit der Konstruktion, die aus zwei miteinander verbundenen Kuppeln in Form eines Spitzbogens bestand. Aber da war noch etwas anderes, das den etwa vierzigjährigen Mann faszinierte: Aus irgendeiner Ecke in der Nähe der Sakristei hörte man plötzlich Gesang. Es klang wie ein Knabenchor.

»Es müsste wunderbar sein«, sagte er, »hier eine Messe zu erleben.«

Girolamo pflichtete ihm bei.

»Das könnte man möglich machen. Aber zunächst«, fügte er hinzu, »möchte ich Sie zu einem Imbiss einladen. Nicht weit von hier bin ich zu Hause, und Sie sind mein Gast.«

Wenig später betraten die beiden eine imposante Stadtvilla. Man brachte Wein, Käse und Brot, und Girolamo sprach davon, dass es an der Zeit wäre, etwas mehr Ordnung in die Angelegenheiten dieser Stadt zu bringen.

»Die Familie Medici sorgt sich zu sehr um die Kunst, die ziemlich überflüssig ist. All die Botticellis, da Vincis, Ghirlandaios, sie kosten eine Unmenge Geld.«

Der etwa vierzigjährige Mann war irritiert.

»Aber Sie haben doch eben gesagt, dass die Kuppel des Doms weltberühmt, ja das Wahrzeichen von Florenz sei, obwohl sie sicher auch sehr teuer war.«

Darauf ging Girolamo nicht ein. Stattdessen sagte er:

»Da Ihnen der Dom so gut gefällt, hätte ich einen Vorschlag. Am nächsten Sonntag, also in zwei Tagen, findet dort eine große Messe statt. Alles, was Rang und Namen hat, wird anwesend sein, und auch Sie sind herzlich willkommen. Aber bis dahin«, sagte er, »bin ich leider beschäftigt. Ich zeige Ihnen noch Ihr Zimmer, und dann haben Sie jede Freiheit, sich allein in der Stadt umzusehen.«

Der etwa vierzigjährige Mann war froh, dass er diesen unangenehmen Griff am Arm nicht mehr würde ertragen müssen, und so machte er sich auf den Weg. Er wusste, dass sich jenseits des Arno die Werkstätten der Handwerker und Künstler befanden, und die wollte er sehen.

Zunächst waren da die Rahmenvergolder, und er bewunderte, wie behutsam das Blattgold aufgelegt wurde und wie sorgfältig man die fertigen Teile ineinanderschob. Dann ging er weiter zu den Webereien, die Gobelins und kostbare Textilien herstellten. Er ließ sich zeigen, wie man Gold- und Silberfäden in die Brokatstoffe fügte, aber irgendwann wollte er wissen, wo die berühmten Maler beschäftigt waren.

»Glauben Sie, dass es möglich wäre, Botticelli aufzusuchen, um ihm bei der Arbeit zuzusehen?«, fragte er einen Mann, der neben ihm stand.

Er bekam keine Antwort. Also beschloss er, es einfach zu versuchen, und nach kurzer Zeit stand er tatsächlich vor dem Atelier des berühmten Künstlers.

Botticelli sei zurzeit in Rom, wurde ihm erklärt. Aber durch eines der Fenster könne man ein paar seiner Arbeiten sehen.

Der etwa vierzigjährige Mann musste sich bücken, das Atelier lag unterhalb des Bürgersteigs, sozusagen im Keller, und er sah, er traute seinen Augen nicht, dass das berühmte Gemälde *Primavera* dort in Arbeit war.

›Da komme ich auf jeden Fall wieder‹, dachte er.

Eine Weile schlenderte er durch die Straßen. Überall Geschäftigkeit, es wurde gescherzt, gelacht, man rief sich von Weitem etwas zu, und irgendwann setzte er sich auf einen der wackligen Stühle, die vor einer Schenke aufgestellt waren. Unaufgefordert brachte man ihm einen Becher Wein.

›Es ist alles so friedlich und heiter. Hier gefällt es mir‹, dachte der etwa vierzigjährige Mann.

Am Tag darauf besichtigte er weitere Bauwerke, darunter prächtige Palazzi und Kirchen, aber am meisten freute er sich auf den Sonntag, um endlich die Messe zu erleben. Dann war es so weit. Er hatte gut geschlafen, und als man an seine Tür klopfte, war er bereits angezogen. In der Halle hoffte er, Girolamo zu treffen, aber dort war niemand, der auf ihn wartete. Also beschloss er, sich den Leuten, die in Scharen zum Dom unterwegs waren, anzuschließen.

Je näher er dem Eingang kam, desto feierlicher wurde die Stimmung. Es war, als würde man sich beim Anblick der Fassade und wenn man die wenigen Stufen zum Portal hinter sich hatte, einer großen Gemeinschaft anvertrauen, die versuchte, Gott nahe zu sein. Und obwohl der etwa vierzigjährige Mann alles andere als gläubig war, konnte auch er sich diesem Eindruck nicht entziehen. Rechts vom Portal stand Girolamo. Er umarmte mehrere junge Männer, die, wie er, festlich gekleidet waren, und was auffiel: Die Umarmungen dauerten etwas zu lange.

Da Girolamo anderweitig beschäftigt schien, betrat der etwa vierzigjährige Mann allein die Kathedrale. Er suchte nach einem freien Platz und fand plötzlich, was er nicht vermuten konnte, auf einem der Stühle einen Zettel mit seinem Namen. Er setzte sich. Man hörte Orgelmusik, dazu den Knabenchor, die Messe hatte begonnen, und da der etwa vierzigjährige Mann mit den Riten der katholischen Kirche nicht vertraut war, folgte er den Gläubigen in all ihren Bewegungen, das heißt, er stand auf, wenn sie aufstanden, kniete nieder, wenn sie niederknieten, versuchte leise mitzusummen, und allmählich merkte er, wie er in die allgemeine Ergriffenheit mit hineingezogen wurde. Das

Einzige, was ihn irritierte, war, dass da immer wieder Männer mit Kapuzen auftauchten, die sich unter die Betenden mischten.

›Warum kommen sie so spät, und warum haben sie diese Kapuzen auf‹, dachte er.

Aber schon hielt der Priester die Hand mit der Hostie in die Höhe, eine Glocke ertönte, in der vordersten Reihe wurde es unruhig, und plötzlich gab es einen herzzerreißenden Schrei. Er sah Messer aufblitzen, es schien, als würde man auf zwei Personen einstechen. Eine von ihnen fiel zu Boden, man beugte sich über sie, vielleicht in der Absicht, ihr zu helfen.

Dann sah er Girolamo und dass auch er ein Messer in der Hand hielt, um ihn herum waren die Männer mit den Kapuzen.

›Sie wollen jemanden umbringen, und eben haben sie noch gebetet‹, dachte der etwa vierzigjährige Mann.

Doch schon wurde er mitgerissen, alle wollten zum Ausgang, und wenig später, er stand draußen in der Menge, sah er Girolamo wieder und wie er vor das Portal trat.

»Eure Unterdrücker, die Brüder Medici, sind tot!«, rief er. »Ich bin jetzt euer Anführer, und ab heute übernehmen die Bürger die Macht.«

Man jubelte ihm zu, aber da tauchte bereits ein anderer auf, auch er kam aus dem Dom, und es war einer von jenen, die Girolamo vor Kurzem erst so ausgiebig umarmt hatte. Am Hals hatte er eine große Wunde. Langsam ging er die Treppe hinunter, trat unter die Leute, zögerte, schließlich begann er zu reden:

»Diese Männer sind Verbrecher«, sagte er. »Giuliano,

mein Bruder, wurde ermordet, im Dom, beim Hochamt. Der Anschlag der Familie Pazzi war kein Verbrechen gegen die Familie Medici, er war ein Verbrechen gegen Gott.«

Es herrschte Betroffenheit, dann hörte man von überallher Stimmen: »Tod den Pazzis! Hängt Girolamo! Es lebe Lorenzo de Medici!«

Was weiterhin geschah, wollte der etwa vierzigjährige Mann nicht wissen. Würde man sie mit einem Strick um den Hals über die Mauer stoßen, würde man sie steinigen oder sonst irgendwie zu Tode bringen?

›Das könnte ich nicht aushalten‹, dachte er und versuchte den Platz zu verlassen.

Er drängelte sich durch die Menge, und in einer der Nebengassen musste er sich gegen eine Hauswand lehnen.

›Entsetzlich‹, dachte er, ›und bei diesem Mörder habe ich gewohnt! Wenn doch bloß die Carruca käme!‹

Und siehe da: Ein paar Straßen weiter, an einer Kreuzung, stand sie bereit, und kurz darauf saß er wieder auf der mit Tuch überzogenen Bank.

Diesmal ging die Fahrt in Richtung Nordosten, wohin, das war dem etwa vierzigjährigen Mann gleichgültig. Aber eines wusste er sicher, er wollte allein sein, und so sah man, wie die Carruca in völliger Einsamkeit auf eine Landschaft zufuhr, die für ihre befreiende Naturverbundenheit berühmt war, sodass auch Dichter hier unterwegs waren, um der Nachwelt ihre Verse zu hinterlassen.

›Hier wird niemand getötet‹, dachte er. ›Hier ist die Luft glasklar, und niemand hindert mich daran, bis hoch hinauf ins Gebirge zu sehen.‹

Und nun fielen ihm ein paar Zeilen von Goethe ein:

Des Lebens Pulse schlagen frisch lebendig,
Aetherische Dämmerung milde zu begrüßen;
Du, Erde, warst auch diese Nacht beständig
Und athmest neu erquickt zu meinen Füßen,
Beginnest schon mit Lust mich zu umgeben,
Du regst und rührst ein kräftiges Beschließen,
Zum höchsten Daseyn immerfort zu streben.

›Ja, das ist die Welt, die ich suche‹, dachte der etwa vierzigjährige Mann.

Er war ausgestiegen, um die Gegend besser betrachten zu können, sah auch noch, dass sich eine Wolke vor die Sonne schob, aber gleichzeitig bemerkte er, dass es keine Wolke, sondern ein riesiger Schatten war, genauer ein schwarzer Vorhang, der einen großen Teil des Gebirges verdeckte. Vor dem Vorhang gab es eine Art Podium, dazu einen Tisch, der von vierzehn Stühlen umstellt war, und plötzlich tauchten von irgendwoher vierzehn schwarz gekleidete Männer auf. Im Gleichschritt, als hätten sie etwas vor, das äußerste Disziplin verlangte, bewegten sie sich auf die Stühle zu, und kaum hatten sie sich gesetzt, erschienen zwei Uniformierte. Sie schoben eine junge Frau über eine schmale Leiter auf das Podest, wo, mit dem Schwert in der Hand, bereits der Henker wartete. Er begann zu reden.

»Ich klage peinlich an zum ersten Male, ich klage peinlich an zum andern Male, ich klage peinlich an zum dritten Male gegenwärtige arme Sünderin, Anna Catharina Höhn aus Tannroda, dass sie wider das fünfte Gebot gehandelt und das von ihr zur Welt geborene Kind vorsätzlich ermordet und um das Leben gebracht habe.«

Johanna Catharina Höhn! Diesen Namen hatte der etwa vierzigjährige Mann schon einmal gehört, und er wusste, dass es einen berühmten Prozess im ausgehenden 18. Jahrhundert gab, und zwar in Weimar. Es ging um die Hinrichtung einer Kindsmörderin und ob die Beibehaltung der Todesstrafe moralisch weiterhin zu vertreten sei. Sehr viele, darunter auch der Herzog, waren dagegen, Goethe und einige andere dafür.

›Das heißt‹, dachte der etwa vierzigjährige Mann, ›sie waren für das Abschlachten durch das Schwert.‹

Und er konnte sich einer gewissen Vorstellung nicht erwehren, nämlich dass der Scharfrichter, obwohl das Schwert zielgenau gegen den Hals der Frau ausgerichtet war, dass er beim Ausholen und obwohl er den freigelegten Nacken im Blick hatte, dass er doch, aus welchem Grund auch immer, sein Ziel verfehlen würde.

›Dann zerfetzt er statt den Nacken einen Teil ihrer Schulter. Und jetzt soll ich mir ansehen, wie das im Einzelnen geschieht. Unmöglich‹, dachte er und war froh, dass alles, was er vor Augen hatte, in dem Augenblick, als er den schwarzen Vorhang berührte, wieder verschwand.

Alles war wie vorher. Der Himmel war blau, das Gebirge beeindruckend, und es gab die erhabenen Verse von Goethe.

›Doch was sind sie wert, wenn man gleichzeitig und mit einem einzigen Federstrich solche Todesurteile unterzeichnet‹, dachte der etwa vierzigjährige Mann und überlegte, ob er die Reise abbrechen sollte.

Aber schon stand die Carruca wieder da, und diesmal war sie nach Frankreich unterwegs. Da es Herbst war und die Nächte kühler wurden, hatte sie Mühe, den Sturmböen, die über das Land fegten, zu trotzen. Doch nachdem man die Île-de-France erreicht hatte, besserte sich das Wetter. Endlich sah man die Sonne, ja die Sonne. Man war in Versailles angekommen.

›Hier also lebte der *Roi-Soleil*‹, dachte der etwa vierzigjährige Mann.

Er hörte das Quietschen der Bremsen, dann stand die Carruca auf dem mit feinem Kies bedeckten Schlossplatz.

›Was soll ich hier‹, dachte er. ›Versailles hat mich noch nie interessiert. Aber vielleicht könnte ich mir, bevor ich weiterfahre, das Schloss mit seinen Gärten wenigstens ansehen.‹

Er ging zur Kasse, und zusammen mit dem Ticket gab man ihm einen Flyer mit Informationen. Er folgte den Wegweisern, überall Gold und Silber, und zuletzt war da der Spiegelsaal.

›Erstaunlich, was dieser Herrscher alles fertiggebracht hat‹, dachte der etwa vierzigjährige Mann.

Er betrat das berühmte Schlafzimmer.

›Das also ist der Raum, in dem der König aus- und angekleidet wurde, und alles im Beisein von Bediensteten, Adligen und Bittstellern. An die zweihundert. Wie unsympathisch und unangemessen. Und was das alles gekostet hat! Auch an Menschenleben. Hatte er nicht versucht, die Hugenotten auszurotten?‹

»Was heißt hier Menschenleben?«, hörte er jemanden sagen. »Haben Sie jemals ein Regime von Belang gesehen, das keine Spesen gemacht hätte! Dieser König hat Frankreich zur Größe verholfen, kein Land in Europa, für das er nicht ein Vorbild gewesen wäre. Nie gab es so viele Philosophen und Künstler, und er hat sie alle gefördert. Die meisten kennen Sie, ihre Werke und Gedanken gelten noch immer, auch in Ihrem Jahrhundert. Aber jetzt will ich Ihnen zeigen, wie es aussieht, wenn es keine Kunst, keine Philosophie und keine Schönheit mehr gibt, sondern nur noch das Abschlachten von Menschen.«

Und nun änderte sich die Umgebung. Der etwa vierzigjährige Mann befand sich nicht mehr auf dem Schlossplatz, sondern in einer großen Stadt. Wie er dort hingekommen war, konnte er sich nicht erklären. Da war eine johlende Menschenmenge, die einem schäbigen Holzkarren folgte, in dem aneinandergekettet mehrere Männer und Frauen standen. Die Atmosphäre machte ihm Angst, denn durch die angrenzenden Gassen strömten immer mehr Menschen, sie alle folgten dem Karren, bis er auf einem großen Platz zum Stehen kam. In der Mitte des Platzes hatte man eine Guillotine aufgebaut, daneben befand sich ein Korb, über den ein Tuch gespannt war.

Der etwa vierzigjährige Mann ahnte, was jetzt passieren würde. Neben ihm stand eine junge Frau, und da sie zu Boden sah und nicht, wie die anderen, in das Freudengeschrei der Menge mit einstimmte, überlegte er, ob er sie ansprechen sollte.

»Sie werden entschuldigen«, sagte er. »Aber ich bin fremd hier, und ich weiß nicht, was das alles zu bedeuten hat.«

Doch bevor die Frau antworten konnte, mischte sich ein Dritter ein.

»Diese Maschine ist eine tolle Erfindung«, sagte er. »Sie

wissen sicher nicht, dass früher so eine Exekution sehr schmerzhaft sein konnte. Oft musste der Scharfrichter mehrmals zuschlagen, bevor er richtig getroffen hat. Das Töten mit der Guillotine dagegen ist sehr human, wir nennen es *comfortable,* das heißt, meistens gelingt es, mit einem einzigen Schnitt den Kopf vom Körper zu trennen. Sie werden gleich sehen, wie so etwas funktioniert. Unser bester Henker ist Charles-Henri Sanson. Er braucht kaum mehr als sechzig Sekunden pro Kopf. Einmal hat er in sechsundzwanzig Minuten einundzwanzig Girondisten in den Tod geschickt, allesamt Feinde unserer Republik.«

Während der etwa vierzigjährige Mann diesen Ausführungen zuhörte, bemerkte er, dass die junge Frau neben ihm in Schluchzen ausbrach. Er fasste sie sanft am Arm und fragte leise, ob er ihr helfen könne.

»Auf dem Karren ist mein Bruder«, stieß sie hervor. »Er ist unschuldig. Man hat ihn denunziert und noch am selben Tag abgeholt.«

»Es ist besser«, mischte sich der Dritte wieder ein, »zehn Unschuldige zu köpfen, als einen Schuldigen laufen zu lassen. Im Eifer des Gefechts kann es schon einmal vorkommen, dass ein Siebzehnjähriger hingerichtet wird, weil man ihn mit seinem Vater verwechselt hat.«

In diesem Augenblick wurde die Gruppe, die man soeben in dem Karren auf den Platz gerollt hatte, ins Freie gezerrt. Der Vorderste, ein älterer Mann, wurde losgekettet, dann führte man ihn in Richtung Guillotine. Dort stand der Scharfrichter. Das Tuch wurde von dem Korb gezogen, und man sah, dass abgetrennte Köpfe darin lagen.

Der etwa vierzigjährige Mann spürte, wie die junge Frau,

er hielt sie immer noch am Arm, zusammenbrach. Mithilfe des Dritten gelang es ihm, sie aufrecht zu halten. Eine ungeheure Stille trat ein, dann ein Kommando, »Leine los«, der Albtraum war zu Ende.

Es war klar, dass der etwa vierzigjährige Mann mit so viel schrecklichen Erlebnissen allein nicht mehr würde fertigwerden können, doch eines wusste er sicher, er wollte nicht an das von Schilf umstandene Ufer der Elbe zurück. Aber wohin dann! Darüber wollte er unbedingt mit jemandem reden.

Die Carruca, mit der er nun schon eine Weile in Richtung Südosten unterwegs war, wusste offenbar auch diesmal Bescheid, und so hielt sie zunächst in der Zürcher Krautgartengasse. Hier hatte es vor langer Zeit einmal einen Friedhof gegeben, aber der berühmte Dichter Georg Büchner wurde bereits 1875 auf den Germaniahügel umgebettet. Also fuhren sie dorthin.

Und wenig später stand der etwa vierzigjährige Mann vor dem Grab, einem schmalen Streifen auf freiem Feld, in der Mitte gab es eine eiserne Gedenktafel, die in ein Stück Felsen eingelassen war, davor ein Blumenbeet, das Ganze eingegrenzt von schmiedeeisernen Gittern, und ihm fiel ein, dass er vor Jahren einmal eine Theateraufführung von *Dantons Tod* gesehen hatte, und am Ende des Schauspiels rief jemand *Vive le roi*, und er hatte nicht verstanden, was damit gemeint war. Aber nachdem er nun selbst Zeuge der jakobinischen Schreckensherrschaft geworden war und jetzt die Gelegenheit bekam, an Büchners Grab zu stehen, hoffte er, von diesem Genaueres zu erfahren. Und tatsächlich:

»Leben und Sterben sind unabänderlich«, hörte er plötzlich, »und niemand hat das Recht, seine Absichten, und seien sie noch so gut gemeint, mit Feuer und Schwert durchzusetzen. Das erbarmungslose, willkürliche Abschlachten mit einem Fallbeil war noch brutaler als die Unterdrückung durch die französischen Könige. Dafür hat sich die Revolution nicht gelohnt, und so hatte ich allen Grund, mich von der Politik zu verabschieden. Ich habe versucht, mich der Wissenschaft zu widmen, aber ich habe auch, wie Sie wissen, *Leonce und Lena* geschrieben: Mein Leben gähnt mich an wie ein großer, weißer Bogen Papier, den ich vollschreiben soll, aber ich bringe keinen Buchstaben heraus. Mein Kopf ist ein leerer Tanzsaal, einige verwelkte Rosen und zerknitterte Bänder auf dem Boden, geborstene Violinen in der Ecke, die letzten Tänzer haben die Masken abgenommen und sehen mit todmüden Augen einander an.«

›Nie‹, dachte der etwa vierzigjährige Mann, ›hätte ich mir vorstellen können, dass der Verfasser des *Hessischen Landboten* mit derart verzweifelten, ja endgültigen Gedanken beschäftigt war. Und das mit vierundzwanzig Jahren.‹

Das erste Mal spürte er so etwas wie Einsamkeit. Er dachte an Rom, an Ludwig XIV., die Guillotine und merkwürdigerweise immer wieder an Florenz. Auch dort hatte er Mord und Totschlag erlebt, aber auch noch etwas anderes: Schönheit und Kunst. Botticelli, Leonardo da Vinci, Brunelleschi, den Palazzo Vecchio.

›Florenz könnte mich vielleicht trösten.‹

Er erinnerte sich, wie freundlich er empfangen wurde, als die Carucca in der Nähe des Arno anhielt, und wie jemand, er hieß Girolamo, bereit war, ihm die Sehenswürdigkeiten der Stadt zu zeigen. Auch bot er ihm an, in seinem Haus zu übernachten. Dann war er zwei Tage in der Stadt unterwegs gewesen. Er hatte das Atelier von Botticelli gesehen, musste sich tief hinunterbeugen um einen Blick hineinzuwerfen, hatte beobachtet, wie die Brokatweber arbeiteten, und vieles mehr. Daran dachte er jetzt.

›Wie könnte es mir gelingen, dies alles noch einmal zu erleben, und vielleicht könnte ich mich sogar, ja warum nicht, in irgendeiner Weise nützlich machen.‹

Und so geschah es, dass die Carruca, als hätte er nach ihr gerufen, wieder bereitstand. Er glaubte sogar, dass ihn eine Hand, wie einmal schon, es war lange her, zum Einsteigen aufforderte, und wenig später war er erneut in Richtung Süden unterwegs. Hinter den Alpen ausgedehnte Hügel mit Weinreben, dann die ersten Zypressen und Pinien. Als sie die Außenbezirke von Florenz erreicht hatten, setzte ein leichter Regen ein, man fuhr weiter bis in die Altstadt. Dort kam die Carruca zum Stehen. Er stieg aus und erkannte sofort das Fenster, das man von der Straße aus im Blick hatte.

»Kommen Sie mit in mein Atelier, Sie werden ganz nass«, hörte er jemanden sagen, und hinter ihm stand Botticelli. Nie hatte er damit gerechnet, so schnell ans Ende seiner Wünsche zu kommen. Zunächst, beide waren bereits auf der Treppe, die nach unten führte, murmelte er so etwas wie Dank, dann, sie hatten kaum das Atelier betreten, war er überwältigt. Auf dem Boden, auf Staffeleien überall Bilder, zum Teil Skizzen, halb fertige Gemälde und außerdem das vollendete Porträt einer wunderschönen Frau.

»Sie müssen wissen«, sagte er, »die Kunst ist das Einzige, was mich im Leben wirklich interessiert. Und vor allem die Malerei. Dürfte ich Ihnen hin und wieder bei der Arbeit zusehen?«

»Aber ja, natürlich. Ich habe nichts dagegen.«

Schon bald entstand zwischen Botticelli und dem etwa vierzigjährigen Mann so etwas wie eine Freundschaft. Er ging nun jeden Tag ins Atelier des Künstlers, machte kleinere Botengänge, half bei der Bewirtung der vielen Freunde, die immer wieder auftauchten, und freute sich über die ungezwungene Atmosphäre, die allgemein herrschte. Es gab aber auch Stunden, in denen er allein mit dem Künstler war.

»Ich bin auf meinen Reisen durch die Jahrhunderte viel herumgekommen, und ich war immer auf der Suche nach der Schönheit. Manches habe ich gefunden, aber die Freude daran wurde jedes Mal durch äußerste Grausamkeit zunichtegemacht. Die Kunst hat noch niemanden getötet, aber das scheint nur wenige zu interessieren. Heute besucht man ein Konzert, und morgen geht man in den Krieg. Es kommt mir vor, als wäre man immer nur damit beschäftigt, sich Feinde zu erschaffen, die man dann beseitigen kann. Auch hier in Florenz, sogar beim Hochamt, habe ich einen Mord erlebt, aber trotzdem scheint es mir, als wäre diese Stadt der einzige Ort, wo die Kunst allgemein gesehen und geschätzt wird. Was meinen Sie?«

Botticelli antwortete nicht. Er stand auf, ging mehrmals in dem Atelier hin und her, betrachtete eine Zeichnung, nahm den Stift zur Hand und setzte einige Striche.

»Ich weiß nicht«, sagte er schließlich, »ob ich Ihnen Ihre Illusionen lassen soll oder ob Sie die Wahrheit wissen wollen. Es gab ein paar glückliche Jahre für uns Künstler hier in Florenz. Wir hatten Aufträge, Geld, wir wurden geschätzt, beinahe geliebt. Aber jetzt droht alles ein Ende zu haben. Eine tödliche Ideologie breitet sich in der Bevölkerung aus, man beginnt, Skulpturen von ihrem Sockel zu stoßen, Bilder und Bücher werden verbrannt, und auch ich weiß nicht, wie lange man mich noch verschonen wird. Freunde halten jede Nacht Wache vor meinem Wohnhaus und vor diesem Atelier. Sie sind bewaffnet, und Sie können sich vorstellen, was passiert, sollte man tatsächlich meine Arbeit zunichtemachen. Kunst, das müssen Sie wissen, ist immer in Gefahr.«

»Aber wie wollen Sie weitermachen?«, unterbrach ihn der etwa vierzigjährige Mann. »Unter dieser ständigen Angst kann man doch nicht arbeiten.«

»Ja, was sollte ich sonst tun. Morgen kommen zwei junge Leute, die mir Modell sitzen werden. Sie können gern zusehen, wie ich versuche, sie auf die Leinwand zu bringen.«

»Danke, das wird mich aufmuntern.«

Von diesem Tag an erschien der etwa vierzigjährige Mann jeden Nachmittag im Atelier, und zwar genau um sechzehn Uhr. Er setzte sich in eine Ecke, sah zu, wie der Maler die beiden Modelle umständlich, indem er immer wieder ihre Haltung korrigierte, auf ein Podest platzierte. Dann fing er mit der Arbeit an. Zuerst setzte er, wie einmal schon, Striche an verschiedene Stellen, die für den Zuschauer keinen Sinn ergaben, aber am dritten Tag bereits erkannte man Umrisse. Bald darauf begann der Maler mit dem Auftragen der Farbe, und in wenigen Tagen war das Bild nahezu fertiggestellt.

Aber was für eine Verwandlung! Wo der Blick gerade noch auf die Modelle gerichtet war, entstand plötzlich etwas ganz anderes. Der etwa vierzigjährige Mann erkannte die beiden nicht mehr, sie schienen jetzt einzig der Vorstellungswelt des Künstlers anzugehören.

›Er hat ihre Seele gemalt‹, dachte er, wagte aber nicht, diesen Gedanken auszusprechen, und sagte nur leise:

»Es ist wunderschön.«

Er stand auf, wartete nicht, ob ihm jemand antworten würde, sondern verließ so unauffällig wie möglich das Atelier. Draußen dämmerte es bereits, und so ging der etwa vierzigjährige Mann in einen kleinen Pinienhain, den er schon oft aufgesucht hatte, und setzte sich in das vertrockenete Gras. Dort blieb er eine Weile und versuchte die Gedanken, die ihn verwirrten, zu ordnen.

›Wie ist es möglich, dass irgendjemand, und hätte er noch so gewichtige Gründe, solch ein Gemälde zerstören will. Ich muss es verhindern‹, dachte er, ›aber wie soll ich das tun, da ich hier immer noch ein Fremder bin.‹

Ihm wurde klar, dass er an den Geschehnissen in dieser Stadt nichts würde ändern können, aber er blieb. Manchmal dachte er noch an die Carruca und dass sie ihn in immer neue, immer schrecklichere Gegenden gezwungen hatte, doch diesmal schien sie mit seinem Aufenthaltsort einverstanden zu sein. Trotzdem bemerkte der etwa vierzigjährige Mann, dass die Stimmung in der Stadt nervöser wurde und dass die Glocken des Doms häufiger läuteten als früher, auch war ihm nicht entgangen, dass der Maler, kaum hatte er ein Bild fertiggestellt, es unverzüglich mit zwei seiner engsten Freunde aus dem Atelier entfernte, um es irgendwo in Sicherheit zu bringen. Auch das Porträt der wunderschönen Frau war eines Tages nirgends mehr zu sehen, und doch hätte der etwa vierzigjährige Mann allzu gern gewusst, wer sie war. Eine Auftragsarbeit vielleicht? Oder gar die Geliebte des Malers? Nie war sie in dem Atelier aufgetaucht, und er hatte nicht gewagt, nach ihr zu fragen, hoffte jedoch, dass sich irgendwann die Gelegenheit dazu bieten würde.

Aber eines Tages, er war gerade auf dem Weg, um für Botticelli Pinsel, die dieser eigens hatte anfertigen lassen, abzuholen, eines Tages, als er gerade den Pinienhain passieren wollte, traute er seinen Augen nicht. Stand da nicht ganz in der Nähe die Carruca, und war da nicht wieder die Hand, die ihn aufforderte einzusteigen!

›Niemals, sie kommt zur Unzeit‹, dachte der etwa vierzigjährige Mann. ›Ich werde einen Umweg machen, und sie wird hoffentlich verstehen, dass ich keinerlei Absicht habe, ihr zu folgen.‹

Nachdem er den ganzen Nachmittag in irgendwelchen Kneipen gesessen hatte, machte er sich schließlich doch auf den Weg zurück ins Atelier, und da stand sie immer noch, die Carruca, und versperrte ihm den Weg. Vorsichtig legte er, es war wie ein Zwang, die Pinsel unter die Pinie, dazu einen Zettel, *»Per Sandro«* hatte er darauf notiert, dann stieg er ein.

Die Landschaften, die sie von nun an durchquerten, waren öde und bäuerlich, aber auch irgendwie verhängnisvoll, bis sie zuletzt eine alte Bahnstrecke erreichten, die schnurgerade und durch eine von Stacheldraht eingegrenzte Ansammlung von Baracken führte. Das Gelände hatte ein eisernes Tor, das immer offen stand und das mit einem Motto versehen war: »Arbeit macht frei«.

Und genau vor diesem Tor hielt die Carruca an. Die alte Bahnstrecke war einmal überfüllt, ununterbrochen tauchten Güterzüge auf, aus denen man Frauen, Kinder und ältere Leute ins Freie trieb. Sie mussten auf das Gelände mit den Baracken zugehen, mussten den Kindern die Kleider ausziehen und ihnen erklären, dass sie jetzt die Gelegenheit hätten, gründlich zu duschen.

Was weiterhin geschah, wussten nur jene, die Minuten später dicht gedrängt in den Räumen ausharrten, wo tatsächlich Duschen und gekachelte Wände zu sehen waren. Aber es trat kein Wasser ins Freie, sondern tödliches Gas, sodass jene, die man eben noch aufgefordert hatte, sich zu entkleiden, in sich zusammenfielen. Man lud die Ermordeten auf Schubkarren, fuhr sie in ein Krematorium, wo sie wenig später durch hohe Schornsteine als Rauch aufstiegen.

›Arbeit macht frei. Was für ein Zynismus! Natürlich weiß ich, was hier für Ungeheuerlichkeiten geschehen sind‹, dachte der etwa vierzigjährige Mann. ›Aber ich bin auf der Suche nach der Kunst und nicht nach der Wirklichkeit.‹

Er weigerte sich, auch nur einen einzigen Schritt durch jenes Tor auf das Innere des Geländes zu gehen, und hoffte darauf, dass ihm die Carruca zu Hilfe kommen und ihn in eine freundlichere Landschaft fahren würde. Mehrmals versuchte er einzusteigen, doch keine Hand kam ihm zu Hilfe, und die Türen blieben verschlossen.

Also machte er sich allein auf den Weg. Irgendwohin. Zuerst ging er fast schlendernd, dann immer schneller, er wollte nur noch weg aus dieser Gegend, aber nachdem er, wie lange, konnte er nicht sagen, unterwegs gewesen war, überkam ihn eine grenzenlose Traurigkeit, und ihm fielen die letzten Worte von Georg Büchner wieder ein:

»Mein Kopf ist ein leerer Tanzsaal, einige verwelkte Rosen und zerknitterte Bänder auf dem Boden, geborstene Violinen in der Ecke, die letzten Tänzer haben die Masken abgenommen und sehen mit todmüden Augen einander an.«

›Ja, wie recht er doch hatte. So ist es‹, dachte der etwa vierzigjährige Mann.

Die Unberührbare

(Nach einem Motiv von Arthur Schnitzler)

I

Im Jahr 1910 geschah in Berlin, genauer in der Gegend am Spandauer Forst, etwas, das verboten und daher nicht mehr allerüblichste Gewohnheit war. Zwei Männer standen auf einer Anhöhe. Es waren der Arzt und von Baltikow, der Bruder jener Frau, die einige Kilometer entfernt eine prächtige Villa bewohnte.

»Es ist Herbst«, sagte der Arzt. »Es ist alles wieder so unfassbar bunt, aber dass man in dieser Jahreszeit aufeinander schießen muss ...«

VON BALTIKOW Ja. So ist die Welt nun einmal beschaffen.

ARZT Wer sind die Kontrahenten?

VON BALTIKOW Mein Schwager und ein gewisses Subjekt. Er nennt sich, glaube ich, Leutnant Sawatzki.

ARZT Worum geht es?

VON BALTIKOW Ja, sind Sie nicht im Bilde?

ARZT Keineswegs. Leutnant Fritsche hat mich kurzerhand aus dem Bett getrommelt.

VON BALTIKOW Dieses Subjekt ... Ich sagte es schon, er nennt sich Leutnant Sawatzki – hatte den Einfall, meiner Schwester unehrenhafte Absichten nachzusagen.

ARZT Die sie nicht begangen hat.

VON BALTIKOW Versteht sich von selbst. Aber nun muss

man – ich nenne das Subjekt nicht mehr beim Namen – so viel leibhaftigen Schmutz, auch wenn die Jahreszeit schön ist, wenigstens unter die Erde bringen.

ARZT Da bin ich ganz Ihrer Meinung. Andererseits: Das Schießen unter tausendjährigen Eichen kommt allmählich aus der Mode. Und mit Recht: da es den Schmutz dieser Welt keineswegs bessern kann.

VON BALTIKOW Was sagen Sie?

ARZT Ich sagte, mir geht jede Art von Knallerei auf die Nerven.

VON BALTIKOW Ihre Sache.

ARZT Und wer verfertigt, falls Leutnant Sawatzki … ich meine, falls jenes Subjekt verdientermaßen zur Strecke gebracht wird, den Totenschein?

VON BALTIKOW Na Sie, hoffe ich.

ARZT Also wieder unerklärliches Herzversagen. Ich tue es meinem Freund Fritsche zuliebe. Aber er sollte einmal zur Kenntnis nehmen, dass ich nicht der Ehrenrettung untadeliger Damen, sondern der humanen Medizin verpflichtet bin.

Sie schweigen.

VON BALTIKOW Jetzt geben sie die Kommandos, gleich wird geschossen. Da, er fällt! Das ist endgültig. Schnell, gehen Sie! Erledigen Sie die Sache. Sie sehen doch, dass ich hier wie auf glühenden Kohlen stehe!

Der Arzt greift nach seinem Instrumentenkoffer und verlässt eilig die Szene.

Aus und vorbei. Ja, einen solchen Tod, Josephine, war er den von Baltikows schuldig.

Fritsche tritt auf, geht zögernd auf von Baltikow zu.

Nun, was sagen Sie?

FRITSCHE Es tut mir aufrichtig leid. Es wird jemand zum Hundekehlesee reiten müssen.

VON BALTIKOW Wieso zum Hundekehlesee?

FRITSCHE Kennen Sie den Sekundanten Ihres Schwagers, einen Herrn von Sedlitz?

VON BALTIKOW Flüchtig.

FRITSCHE Er wird die Aufgabe übernehmen.

VON BALTIKOW Aber am Hundekehlesee befindet sich das Anwesen meiner Schwester.

FRITSCHE Eben deswegen.

VON BALTIKOW Und es war abgemacht …

FRITSCHE Fassen Sie sich, von Baltikow.

VON BALTIKOW Ich habe Sawatzki …

FRITSCHE Sie wissen so gut wie ich, Sawatzki fällt nicht, und er hält sich auch nicht an Abmachungen.

VON BALTIKOW Was soll das heißen?

FRITSCHE Ihr Schwager ist tot.

VON BALTIKOW Dann werde ich auf der Stelle …

FRITSCHE Sie werden gar nichts tun. Mann, reißen Sie sich zusammen. Der Fall ist ausgestanden. Begrüßen Sie jetzt Herrn von Sedlitz. Er ist jung. Machen Sie ihm Mut, damit er sich seiner Aufgabe gewachsen zeigt.

Von Sedlitz tritt auf.

VON BALTIKOW *ringt um Fassung* Sie hatten das Vertrauen des Hauptmanns von Bebenburg?

VON SEDLITZ Ja. Aber wie Sie sehen, hat es ihm wenig Glück gebracht.

VON BALTIKOW Sagen Sie meiner Schwester: Der Tote wird, bis die Formalitäten erledigt sind, in einer Kapelle bei Spandau untergebracht. Der Pfarrer plaudert nicht, er hat unser absolutes Vertrauen.

VON SEDLITZ Ich werde es tun.

VON BALTIKOW Wo ist der Arzt?

FRITSCHE Mit der Kutsche bereits über alle Berge.

VON BALTIKOW Übergeben Sie Herrn von Sedlitz den Totenschein.

FRITSCHE *tut es* Wollen Sie Ihren Schwager nochmals sehen?

VON BALTIKOW Nein. *Er geht fort.*

FRITSCHE Der Ärmste. Er wird es schwer haben. Er hat einen Begriff von Ehre, den diese Welt nicht mehr befriedigen kann. Er lebt in der ständigen Angst, in dem Klatsch über seine Schwester einen wahren Kern entdecken zu müssen, und drängte den Schwager zu diesem Duell wie zu einem Gottesurteil. Aber Sawatzki ist nicht nur ein Klatschmaul, er ist auch ein guter Schütze. Und natürlich ein Lump. Er hatte fest zugesichert, die erste Kugel passieren zu lassen.

VON SEDLITZ Und Frau von Bebenburg?

FRITSCHE Ist jetzt die eleganteste Witwe in der Grunewalder Gegend. Ich wüsste nicht, wer dieser Frau, sagen wir, was Schönheit und Unnahbarkeit angehen, das Wasser reichen könnte.

VON SEDLITZ Und doch war es nötig, dass man sich ihrer Unnahbarkeit wegen duellieren musste.

FRITSCHE Wir hatten Manöverbälle, und auf Bällen wird viel geredet. Niemand verstand, wieso ausgerechnet der brave von Bebenburg an solch eine Frau geraten war. Sie hat den gewissen Blick, und ihre Kälte wirkt lasterhaft wie die Ehrversessenheit ihres Bruders. Sie hat den Ruf einer Marmorstatue, deren Umarmung wünschenswert, aber tödlich ist, und man sagt, dass sie sich von ihrem Mann, der alles andere als ein Herodes war, gern Salome nennen ließ. Aber nun wurde gerätselt: Wessen Kopf war gemeint? An wen dachte die Unberührbare? Wer hatte die Physiognomie Johannes des Täufers? Wenn Sie verstehen, was ich damit gesagt haben möchte.

VON SEDLITZ Ich verstehe.

FRITSCHE Sie verstehen gar nichts. Aber das ist der Grund, warum wir Sie an den Hundekehlesee schicken. Sagen Sie, was Ihre Jugend Ihnen eingibt. Sie werden unter ihren Blicken kaum in Verlegenheit geraten.

VON SEDLITZ Und wie soll ich mich legitimieren?

FRITSCHE Sie übergeben ihr den Totenschein. Morgen acht Uhr reiten Sie zur Spandauer Kapelle, wo der Bruder und ich den Toten in Empfang nehmen werden. Wir begleiten den Sarg dann zur Witwe. Aber jetzt: Erledigen Sie Ihre Sache rasch und diskret. Der Tote muss, da Duelle verboten sind, ohne Trara und möglichst diese Woche unter die Erde. Übrigens, sollten Sie Sinn und Zeit für romantische Vornehmheit haben, werfen Sie einen Blick auf ihr Anwesen. Sie hat einen wunderbaren Park.

2

Salon der von Bebenburg. Frau von Bebenburg steht am Fenster. Johanna, das Dienstmädchen, wischt Staub.

FRAU VON BEBENBURG Ist die Zeitung gekommen?

JOHANNA Sie liegt auf dem Pianoforte.

FRAU VON BEBENBURG Sehen Sie nach. Den Wievielten haben wir heute?

JOHANNA Den vierundzwanzigsten Oktober.

FRAU VON BEBENBURG Dann sind die Manöver bald beendet. Richten Sie sich darauf ein, dass mein Mann diese Woche aus den Gosener Bergen zurückkommt.

JOHANNA Jawohl, gnädige Frau.

FRAU VON BEBENBURG Und legen Sie meine Garderobe bereit. Ich möchte, falls die Sonne scheint, am See spazieren gehen. Und sagen Sie dem Gärtner, er soll nicht ständig das Laub von den Gehwegen harken. Es gibt nichts Schöneres, als mit geschlossenen Galoschen in dem feuchten Laub herumzuwühlen.

JOHANNA Ich sage es ihm. Aber er will immer nur Ordnung halten.

FRAU VON BEBENBURG Vor der Einfahrt steht eine Kutsche.

JOHANNA So?

FRAU VON BEBENBURG Wer ist der junge Mann, der seit einiger Zeit am Gitter lehnt und unseren Park betrachtet?

JOHANNA *tritt ans Fenster* Keine Ahnung. Den habe ich hier nie gesehen.

FRAU VON BEBENBURG Aber er will offenbar zu uns.

JOHANNA Dann soll er klingeln. Solange er nicht klingelt, kann man weiter nichts sagen.

FRAU VON BEBENBURG Ich wünsche nicht, dass Sie, wenn ich einmal aus dem Haus bin, mit dem Gärtner und Ihrem Bruder in der Küche zusammen feiern.

JOHANNA Wer redet von feiern? Wir trinken zusammen selbst gemachten Stachelbeerwein. Und mein Bruder sucht Arbeit. Er könnte dem Gärtner, der nicht alles allein machen kann, zur Hand gehen. In diesem Haus herrscht immer nur Grabesstille. Jeder sagt, wir sollen leiser auftreten. Aber wo sollen wir hin mit unseren jungen Jahren?

FRAU VON BEBENBURG Es hat geklingelt.

JOHANNA Ich höre nichts.

FRAU VON BEBENBURG Aber ich sage Ihnen: Es hat geklingelt.

Johanna verlässt das Zimmer. Frau von Bebenburg geht zum Pianoforte, nimmt die Zeitung auf.

Heute ist der vierundzwanzigste Oktober. Für den zweiundzwanzigsten hatte sich von Baltikow angekündigt. Merkwürdig, er ist aber nicht gekommen.

JOHANNA *kommt zurück, überreicht eine Visitenkarte* Es

ist der, der am Gitter gelehnt hat. Er sagt, es sei dringend. Er müsse sich aber kurzfassen, er hätte absolut keine Zeit.

FRAU VON BEBENBURG Er soll kommen.

VON SEDLITZ *tritt auf, wehrt Johanna ab, die ihm Hut, Schal und Mantel abnehmen will* Gnädige Frau …

FRAU VON BEBENBURG *sieht auf die Karte* Sie sind …

VON SEDLITZ Arthur von Sedlitz. Gnädige Frau, ich muss Ihnen eine Nachricht zukommen lassen.

FRAU VON BEBENBURG Und das wäre?

VON SEDLITZ Es geht um Ihren Mann. Er ist …

FRAU VON BEBENBURG … zu Manövern in den Gosener Bergen. Ich weiß, Herr von Sedlitz, ich weiß.

VON SEDLITZ Darf ich mich kurzfassen?

FRAU VON BEBENBURG Nein. *Sie gibt ihm die Visitenkarte zurück.* Ich empfange niemanden, der sich kurzfasst und mein Dienstmädchen von Anfang an wissen lässt, dass er keine Zeit hat.

VON SEDLITZ Aber ich habe eine dringende Nachricht.

FRAU VON BEBENBURG Meinen Mann betreffend, den ich heute oder morgen, es hat keine Eile, zurückerwarte. Es geht ihm, hoffe ich, da er alles hinter sich hat, den Umständen entsprechend gut?

VON SEDLITZ Ich verstehe nicht …

FRAU VON BEBENBURG Sie haben, während Sie ans Gitter gelehnt, meinen Park betrachteten, Ihre Garderobe außer Acht gelassen, Herr von Sedlitz.

VON SEDLITZ Pardon …

FRAU VON BEBENBURG Eine Kleinigkeit, die Johanna, falls Sie es wünschen, im Flur erledigen wird.

VON SEDLITZ Pardon … Ich bitte um Entschuldigung. Ich muss mit Ihnen sprechen. Aber so finde ich unmöglich das passende Wort.

FRAU VON BEBENBURG Dann sollten Sie sich, falls Sie vorhaben, die passenden Worte zu finden, genügend Zeit nehmen und zuallererst Ihren Kutscher entlassen.

VON SEDLITZ Wenn es unbedingt sein soll. *Er verlässt das Zimmer.*

FRAU VON BEBENBURG *zu Johanna* Machen Sie Tee. Stellen Sie das Service und etwas Gebäck bereit. Und lassen Sie sich nochmals die Visitenkarte zeigen.

Johanna verlässt das Zimmer. Frau von Bebenburg geht zum Fenster zurück.

Impertinent ist er nicht. Aber zu jung. Irgendjemand hat ihn geschickt, um mich zu kompromittieren. Es wäre nicht das erste Mal.

JOHANNA *kommt zurück, übereicht die Visitenkarte* Ein Herr von Sedlitz möchte Sie sprechen. Er sagt, es sei dringend. Und er bittet um Entschuldigung, dass er so plötzlich und so unangemeldet erscheinen muss.

FRAU VON BEBENBURG Bitten Sie ihn herein.

VON SEDLITZ *tritt auf* Gnädige Frau …

FRAU VON BEBENBURG Nennen Sie mich Frau von Bebenburg.

VON SEDLITZ Frau von Bebenburg …

FRAU VON BEBENBURG Herr von Sedlitz, ich freue mich, Ihre Bekanntschaft zu machen, und ich hoffe, Sie haben nichts dagegen, eine Tasse Tee zu trinken.

VON SEDLITZ Ich bitte Sie …

FRAU VON BEBENBURG Es macht absolut keine Umstände. Sie bevorzugen doch Tee?

VON SEDLITZ Ja, gewiss.

FRAU VON BEBENBURG Dann sollten Sie sich nicht nötigen lassen. *Sie setzt sich. Johanna serviert.*

VON SEDLITZ Frau von Bebenburg, es fällt mir schwer, das passende Wort zu finden. Aber die Nachricht, die ich Ihnen, Ihren Mann betreffend, zu übermitteln habe, verbietet derlei Annehmlichkeiten.

FRAU VON BEBENBURG Wieso? Geht es meinem Mann schlecht?

VON SEDLITZ Nicht im eigentlichen Sinne.

FRAU VON BEBENBURG Hat er nicht vor, demnächst persönlich hier einzutreffen?

VON SEDLITZ Allerdings.

FRAU VON BEBENBURG Na also.

VON SEDLITZ Aber die Umstände …

FRAU VON BEBENBURG Die Umstände werden sicher nicht die erfreulichsten sein. Manöver sind Strapazen. Und es wird außerdem, soweit ich im Bilde bin, scharf geschossen. Waren Sie ebenfalls in den Gosener Bergen?

VON SEDLITZ Als Beobachter. Private Umstände hindern mich noch daran, meinen Militärdienst anzutreten.

FRAU VON BEBENBURG Aber Sie kennen das Milieu der Uniformen und schmissigen Gesichter?

VON SEDLITZ Selbstverständlich.

FRAU VON BEBENBURG Und sicher auch den Klatsch, der in den Pausen, falls nichts Ernsthaftes vorgefallen ist, über Pferde, Damen, englische Mode und derlei äußerst geistreiche Dinge ausgetauscht wird?

VON SEDLITZ Selbstverständlich. Und aus diesem Grunde … Ich meine, dies ist der Grund, warum ich … *Er erhebt sich.* Frau von Bebenburg, ich muss Ihnen eine Nachricht zukommen lassen. Es geht um Ihren Mann. Er wurde heute Morgen vier Uhr das Opfer …

FRAU VON BEBENBURG … einer Klatschgeschichte.

VON SEDLITZ Woher wissen Sie das?

FRAU VON BEBENBURG Es wäre nicht das erste Mal. Wirklich, Sie erzählen mir nichts Neues, mein Freund. Klatschgeschichten über mich und meinen Mann füllen ganze Poesiealben.

VON SEDLITZ Aber diesmal, ich flehe Sie an …

FRAU VON BEBENBURG Wer schickt Sie zu mir, wenn ich fragen darf?

VON SEDLITZ Ein Herr von Baltikow.

FRAU VON BEBENBURG Also mein Bruder. Woher kennen Sie Herrn von Baltikow?

VON SEDLITZ Ich kenne ihn kaum. Ich bin ihm heute das erste Mal begegnet.

FRAU VON BEBENBURG Aber trotzdem hat er Sie zu mir geschickt.

VON SEDLITZ Jawohl.

FRAU VON BEBENBURG Und wie lange kennen Sie meinen Mann?

VON SEDLITZ Die Wahrheit zu sagen: ebenfalls nur flüchtig.

FRAU VON BEBENBURG Und trotzdem sind Sie gekommen, um mir über ihn eine äußerst wichtige Mitteilung zu machen.

VON SEDLITZ Sie sagen es. Man hat mir ein Dokument mitgegeben ... *Er greift in die Jackentasche.*

FRAU VON BEBENBURG Ich brauche über Art und Gründe Ihres Auftretens keinerlei Dokumente. Ich hätte Lust, Sie durch meinen Gärtner auf die Straße setzen zu lassen. Aber bevor ich dies tue, haben Sie wenigstens den Anstand, Ihre Tasse Tee auszutrinken. Sie befinden sich in Gegenwart einer Dame, Herr von Sedlitz.

VON SEDLITZ Selbstverständlich. *Er setzt sich, trinkt seine Tasse Tee.*

Sie haben einen wunderbaren Park.

FRAU VON BEBENBURG Ja, ich habe einen wunderbaren Park. Und wenn das Laub fällt, sollte man so oft wie möglich spazieren gehen, finden Sie nicht auch?

VON SEDLITZ Gewiss.

FRAU VON BEBENBURG Können Sie Boot fahren?

VON SEDLITZ Warum sollte ich nicht Boot fahren können?

FRAU VON BEBENBURG Dann werden Sie mir Ihren Arm bieten und mich zum Hundekehlesee führen. Ich bin sicher, Ihre unverbrauchte Jugend, die man mir, mit welcher Absicht auch immer, ins Haus geschickt hat, wird kaum Mühe haben, mich aufs Wasser hinauszurudern.

VON SEDLITZ Sie verkennen meine Absichten.

FRAU VON BEBENBURG Aber ich kenne die Absichten meines Bruders, der sich über jeden Klatsch, der über mich verbreitet wird, auf eigene Weise Klarheit verschaffen will. Nun, wir werden ihm dabei helfen. Und Sie werden die Erfahrung machen, dass es Personen weiblichen Geschlechts gibt, die, obwohl man ihnen den Arm bietet und beim Betreten des Bootes hilfreich die Hand reicht, als absolut unberührbar gelten dürfen. Hat Ihnen der Tee geschmeckt, Herr von Sedlitz?

VON SEDLITZ Ausgezeichnet.

FRAU VON BEBENBURG Dann wollen wir das Mädchen rufen und alles Nähere veranlassen. Johanna!

Johanna tritt auf.

Herr von Sedlitz wünscht, diesen Augenblick mit mir Boot zu fahren. Ich bin ihm sehr dankbar dafür. Er wünscht überhaupt, seinen Besuch, sagen wir morgen, den fünfundzwanzigsten Oktober, fünf Uhr nachmittags, zu wiederholen, da er mir über meinen Mann, falls dieser außerstande sein sollte, eine wichtige Mitteilung zu machen hat. Und noch etwas: Herr von Sedlitz ist in diesem Hause jederzeit willkommen.

Herr von Baltikow, mein Bruder, sollte seine Besuche für die nächste Zeit unterlassen. Es sei denn, er begnügt sich damit, gegen das Gitter gelehnt, unsere Spaziergänge zu beobachten.

VON SEDLITZ Gnädige Frau …

FRAU VON BEBENBURG Ich möchte, dass Sie mich Salome nennen.

VON SEDLITZ Salome … Sie setzen sich ins Unrecht. Und Sie sind dabei, mich auf das Äußerste zu desavouieren!

FRAU VON BEBENBURG Vielleicht wäre dies meine Absicht, da mir keine andere Möglichkeit bleibt, mich Ihren Absichten zu widersetzen.

VON SEDLITZ Aber ich schwöre Ihnen: Sie irren sich!

FRAU VON BEBENBURG Dann wäre alles umso besser. Und Sie hätten nicht den geringsten Grund zur Aufregung. Denn je mehr ich mich irre und je mehr Sie sich desavouiert fühlen dürfen, desto unbefangener können wir uns unterhalten. Johanna, die Garderobe! Und nun, die Sonne scheint, aber das gute Wetter wird, fürchte ich, nicht lange anhalten. Darf ich Sie um Ihren Arm bitten, Herr Arthur von Sedlitz?

3

Am nächsten Tag. Die Kapelle in Spandau. Fritsche, von Baltikow, der Pfarrer vor dem Sarg des toten von Bebenburg.

FRITSCHE *zieht seine Uhr* Es ist Viertel nach zehn.

VON BALTIKOW Sie irren sich, es ist Viertel vor elf.

FRITSCHE Wenn er sich, wie besprochen, um acht Uhr auf den Weg gemacht hat, müsste er …

VON BALTIKOW … spätestens um neun hier gewesen sein.

PFARRER Meine Herren, jede Pietät, besonders natürlich die Ihrige, in Ehren. Aber ich kann den Leichnam nicht länger in der Kapelle halten. Ich habe um zwölf Uhr eine Beerdigung.

VON BALTIKOW Und draußen wartet der Kutscher. Den können wir nicht einfach wegschicken. Wenn wir verhindern wollen, dass Gerüchte aufkommen …

PFARRER Einen Augenblick. Lassen Sie sich nicht stören. Ich höre draußen jemanden kommen.

Er geht hinaus.

FRITSCHE *sieht durch die Luke ins Freie* Es ist von Sedlitz.

VON BALTIKOW Na endlich!

FRITSCHE Das arme Pferd. Er hat es geschunden. Es zittert am ganzen Leib. Und er selbst macht ein Gesicht …

VON SEDLITZ *tritt auf* Guten Morgen, meine Herren!

FRITSCHE Sedlitz, wo bleiben Sie?

VON BALTIKOW Sie haben Ihre Verabredung strapaziert, mein Herr.

VON SEDLITZ Ich bitte um Entschuldigung.

VON BALTIKOW Also, rasch! Lassen wir aufladen. Ich vergehe vor Ungeduld und Scham. Ich habe meine Schwester lange genug ohne Beistand gelassen.

VON SEDLITZ Meine Herren, ich bitte um Entschuldigung, aber wir müssen die Übergabe des Toten verschieben.

FRITSCHE Was soll das heißen?

VON SEDLITZ Ich habe versagt. Ich habe Frau von Bebenburg den Tod ihres Mannes nicht mitteilen können.

FRITSCHE Aber Sie waren dazu verpflichtet.

VON SEDLITZ Selbstverständlich.

VON BALTIKOW Wie, Sie waren nicht bei ihr?

VON SEDLITZ Und ob, Herr von Baltikow, und ob. Ich habe mit Ihrer Schwester zusammen Tee getrunken, ich bin mit ihr auf dem Hundekehlesee Kahn gefahren.

VON BALTIKOW Sie sind … Mann, reden Sie ein vernünftiges Wort. Sie sind ja völlig durcheinander!

VON SEDLITZ Frau von Bebenburg ist eine außergewöhnliche Frau. Und sie benahm sich derart, wie soll ich sagen … Es war mir unmöglich zu kondolieren, geschweige denn den Totenschein zu übergeben. Sie hielt mein Erscheinen offenbar für eine Provokation *zu von Baltikow* Ihrerseits.

VON BALTIKOW Meinerseits?

VON SEDLITZ Meine Unkenntnis Ihrer besonderen familiären Verwicklungen und des intimen Klatsches …

VON BALTIKOW Intimen Klatsches?

FRITSCHE Beherrschen Sie sich, von Baltikow.

VON BALTIKOW Entlassen Sie den Leichenwagen. Und dann aufs Pferd. Ich selbst werde ihr die Nachricht überbringen.

VON SEDLITZ Auch das wäre leider zwecklos.

VON BALTIKOW Zwecklos?

VON SEDLITZ Sie haben Hausverbot. Ich selbst war Zeuge, wie Frau von Bebenburg ihrer Bediensteten befahl, ihren Bruder bis auf Weiteres nicht mehr vorzulassen.

Pause.

PFARRER *ist inzwischen zurückgekommen* Offenbar eine Kette von Missverständnissen. Und wenn ich meine Meinung sagen darf: Man schickt einer Dame – junger Herr, ich kenne Sie nicht, und Ihre Verdienste sind sicher nicht hoch genug zu schätzen – keinen fremden Menschen ins Haus, der, wie die Umstände nun einmal sind, nicht dem Ernst der Lage entsprechend, sondern als Anzüglichkeit wirken muss.

VON BALTIKOW Aber Herr von Sedlitz war der Sekundant ihres Mannes.

PFARRER Schlimm genug, dass Herr von Bebenburg keinen Vertrauten hatte, der ihm in dieser Sache, die ja nicht das erste Mal in Beleidigungen ausartete, beigestanden hätte. Ich bin Pfarrer, ich konnte dies leider nicht tun.

Von Baltikow verlässt die Kapelle.

Tja also. Es geht mich nichts an, aber bei einem Streit um die Ehre einer Frau von Bebenburg erübrigt sich jede Kugel. Auch wenn der eigene Bruder glaubt, den Schwager unbedingt vor die Pistole eine Ehrabschneiders drängen zu müssen. Und nun, meine Herren, die Zeit drängt. Ich muss Sie bitten, die Sache, die ohnehin traurig genug ist, nicht zur Farce ausarten zu lassen.

FRITSCHE Könnten Sie *er deutet auf den Sarg* Herrn von Bebenburg noch für eine Nacht hier behalten?

PFARRER Nur auf Kosten meiner Gemeinde. Und weil ich mich der ganzen Sache gegenüber schuldig fühle.

FRITSCHE Dann werde ich Frau von Bebenburg die Nachricht überbringen.

VON SEDLITZ Nein! Das würde mich kompromittieren. Es geht jetzt nicht nur um jene gewisse Nachricht, ich bin auch, was meine Person betrifft, verpflichtet, den Eindruck der Anzüglichkeit wieder zu entkräften. Kurz und gut: Ich habe versagt, aber ich werde dies ungeschehen machen. Frau von Bebenburg hat mich für heute Nachmittag fünf Uhr erneut zum Tee bestellt. Mit der ausdrücklichen Begründung: Sie will mir die Möglichkeit geben, mich ihr gegenüber, da mir dies nicht gelungen ist, nochmals zu erklären.

FRITSCHE Was, sie hat Sie … was, sie will … jetzt bin ich allerdings sprachlos.

PFARRER Ich sagte doch: Frau von Bebenburg ist eine Dame, deren Ehre und, wie man sieht, Langmut und Vernunft außer Frage stehen. Ich kenne sie von Kind auf, wie sollte ich mich also irren. *Zu von Sedlitz* Nehmen Sie die hochherzige Einladung an, junger Herr, und machen Sie Ihren Fehler wieder gut. Wir erwarten Sie also morgen um neun, aber wie gesagt, Punkt neun, und bestellen wieder den Leichenwagen. Dann allerdings ist es Zeit, dass der Tod eines solchen Mannes publik gemacht wird und dass er endlich zum ewigen Frieden unter die Erde kommt.

4

Küche der Villa am Hundekehlesee. Der Gärtner, Johanna, ihr Bruder beim Stachelbeerwein. Es ist Nacht.

JOHANNA *zum Gärtner* Du, ich glaube, im Haus ist etwas nicht in Ordnung. Hast du nichts gemerkt?

GÄRTNER Nee. Wat soll ick jemerkt haben.

JOHANNA Der Kerl, der heute Nachmittag zum Tee bei ihr gesessen hat, ist immer noch da.

GÄRTNER Na und?

BRUDER Na, kiek ma uff de Uhr. Et is halb zwei, und draußen isset dunkel.

JOHANNA Und der von Bebenburg kommt auch nicht zurück.

GÄRTNER Der wird seine Jründe haben. Wie oft war der schon hier. Die Tage kannste zählen.

JOHANNA Trotzdem, es ist merkwürdig: Sie hat nichts zu Abend gegessen, und sie sind nicht mehr im Salon. Findest du das normal?

GÄRTNER Normal. Wat is im Leben schon normal.

BRUDER Vielleicht sind se zusammen im Schlafzimmer.

JOHANNA Warum sollten sie im Schlafzimmer sein?

BRUDER Jründe hätten se jenug.

JOHANNA Ja, du mit deinem Gerede. Sei froh, dass sie

nicht in die Küche kommt. Sie hat neulich gesagt, sie will dich nicht mehr sehen.

Geräusche von oben, erregte Stimmen. Eine Tür schlägt zu. Die Runde erstarrt.

JOHANNA Das war im Salon.
GÄRTNER Nee, det war eindeutig im Schlafzimmer.
JOHANNA Sie laufen durch alle Räume. Ich hoffe nicht, dass er ihr etwas antut.
BRUDER *will sich erheben* Dann bin ick oben, dann soll se mir endlich schätzen lernen!
JOHANNA Du bleibst. Untersteh dich, und misch dich in fremde Sachen ein. Es ist ja schon wieder alles still.

Sie lauschen.

GÄRTNER Et wird wohl nischt jewesen sein. Außerdem: Man kann von der Madam halten, was man will, aber eines, vornehm, isse uff jeden Fall. Sie is ooch die Einzije, vor der ick von Weitem die Mütze ziehe. Obwohl se an einem vorbeisejelt wie ne Fregatte, und hinterher wees man nie, ob se wirklich da jewesen war. Sie kiekt dir ooch nie geradewegs in die Oogen. Und wer so is, der macht keene schwachen Dinger, der lässt keenen an sich ran, det kannste mir glooben.
JOHANNA Man sagt auch, sie sei gefühlskalt. Überhaupt unfähig zu Sachen, *zum Bruder,* die du den Frauen immer gleich unterstellst. Man sagt auch, sie hätte nie einen Mann umarmt, nicht mal den eigenen.

GÄRTNER Dit is nu ooch wieder Quatsch. Aber glooben kann mans, wenn man se so sieht.

BRUDER Na, dann müsste der fremde Jüngling, wenn die Dame ohne Gefühl is, bald runterkommen.

GÄRTNER Wart ma. Vielleicht haste recht. Ick gloobe, da kommt jemand die Treppe runter.

Sie warten. Von Sedlitz betritt die Küche, mit offenem Hemdkragen, aufgelöstem Haar. Er blickt verwirrt in die Runde.

JOHANNA Sie wünschen?

GÄRTNER Mann, wat ham Se denn? Sie sehn aus, als ob man Se hätte hängen wollen.

VON SEDLITZ Gibt es im Hause ein Telefon?

GÄRTNER Nee, lange nicht mehr. Die Strippe is kaputt.

VON SEDLITZ Aber ich muss jemanden benachrichtigen.

JOHANNA Ja, wen denn?

VON SEDLITZ Oder ich brauche etwas zu trinken. *Er öffnet die Speisekammer, kommt mit einer Flasche zurück.* Sie erlauben?

GÄRTNER Mann, det is Hochprozentiger. Den müssen Se, bevor Se ihn zu sich nehmen, mischen.

VON SEDLITZ *geht zur Tür* Machen Sie sich keine Sorgen. Es ist alles sehr gut so. *Er versucht zu lächeln, verlässt die Küche.*

BRUDER Hat der Mensch Töne!

GÄRTNER Der sah aus, als oba ne Erscheinung jehabt hätte.

BRUDER Ick jeh hinterher. Der jeht ja wieder de Treppe hoch.

GÄRTNER Lass ma sint.

JOHANNA Kannst du nicht hören? Was habe ich dir eben gesagt.

BRUDER Wat hat er mitjenommen?

GÄRTNER Achzigprozentigen Rum. Aber mit Wasser jemischt, schmeckt det Zeug absolut köstlich.

Es klingelt.

BRUDER Und jetzt klingelt det ooch noch. Mittn inne Nacht. *Zur Schwester* Ick gloobe, du hast recht. In diesem Haus is irgendwat nich in Ordnung.

Es klingelt.

GÄRTNER Ja, watn nu!

BRUDER Johanna, haste nich jehört. Es hat jeklingelt.

JOHANNA Bleibt alle sitzen. Und wenn ich schreie, kommt ihr mich holen. *Sie verlässt die Küche, kommt nach einer Weile zurück.* Es ist Herr von Baltikow. Der Bruder steht draußen vor dem Tor.

GÄRTNER Ja, und wat willa?

JOHANNA Unbedingt die Schwester sprechen. Was soll ich jetzt tun?

Pause.

GÄRTNER Tu, wat man dir jesagt hat. Für den Bruder is unsere Madam, det hat se dir doch jesagt, im Oogenblick nich zu sprechen.

Johanna verlässt die Küche.

BRUDER Hat der Mensch …

Geräusche von oben.

Da, und nun schlagen oben wieda die Türen. Ja, wat kann dit sein. Dit is jerade, als ob die Raben plötzlich janz verrückte Sachen inne Gegend krächzen.

5

Am nächsten Morgen in der Spandauer Kapelle. Fritsche, der Pfarrer.

PFARRER *klappt seine Uhr wieder zu* Tja, also … Dreiviertel nach zehn. Diesmal ist die Sache noch mysteriöser. Weder Herr von Sedlitz noch der Bruder zeigen sich. Wenn ich nicht wüsste, dass dort jemand im Sarg liegt, ich würde denken, ich litte unter Einbildungen. Und der Kutscher …

KUTSCHER *steht in der Tür* Na, wat nu. Ick warte hier seit zwee Stunden. Soll ick den Toten nu nach Hause fahren oder nich?

PFARRER Kommen Sie morgen wieder. Heute ist etwas dawischengekommen.

FRITSCHE Morgen Abend. Sagen wir gegen halb sieben.

KUTSCHER Manieren sind det. Ne Leiche is doch keen Ding, das man uff die lange Bank schieben kann. *Er geht fort.*

PFARRER Wo befindet sich Herr von Baltikow?

FRITSCHE Keine Ahnung. Ich habe auch nicht vor, nach ihm zu suchen.

PFARRER Was tun wir jetzt?

FRITSCHE Ich werde den Toten in der Dunkelheit an den

Hundekehlesee schaffen und kurzerhand abliefern, da die Sache offenbar anders nicht zu bewältigen ist.

PFARRER Tun Sie das. Und ich werde Frau von Bebenburg mit der nächsten Post kondolieren. Damit endlich alles seine Ordnung hat.

6

Salon der von Bebenburg. Sie sitzt mit von Sedlitz am Tisch. Johanna serviert das Frühstück.

JOHANNA Gnädige Frau, die Zeitungen.

FRAU VON BEBENBURG Schreiben sie etwas über die Manöver in den Gosener Bergen?

JOHANNA Ja, sie sind beendet.

FRAU VON BEBENBURG Ist Post gekommen?

JOHANNA Ja. Ein Umschlag ohne Absender. Es sieht aus wie ein Kondolenzschreiben.

FRAU VON BEBENBURG Unsinn. Wer sollte mir kondolieren. Sonst nichts?

JOHANNA Nein.

FRAU VON BEBENBURG Merkwürdig, dass mein Mann nicht schreibt. Da er offenbar nicht vorhat, nach dem Manöver sofort nach Hause zu kommen.

JOHANNA Es gibt noch andere Merkwürdigkeiten.

FRAU VON BEBENBURG So?

JOHANNA Es gab gestern Nacht Geräusche im Haus. Und dann hat Ihr Herr Bruder geklingelt.

FRAU VON BEBENBURG Mitten in der Nacht?

JOHANNA Ja. Er wollte Sie sprechen, aber ich habe ihn abgewiesen, da Sie ja nicht im Hause waren.

FRAU VON BEBENBURG Ich war sehr wohl im Hause, Johanna.

JOHANNA Dann hätten Sie die Geräusche eigentlich hören müssen. *Sie verlässt das Zimmer.*

FRAU VON BEBENBURG Warum so nachdenklich, mein Freund?

VON SEDLITZ Kennen Sie einen Leutnant Sawatzki?

FRAU VON BEBENBURG Nein.

VON SEDLITZ Ich meine ... nicht intim.

FRAU VON BEBENBURG Außer Herrn von Bebenburg, dem ich verbunden bin, kenne ich keinen Mann intim.

VON SEDLITZ Herr von Bebenburg schätzt die Ehre seiner Frau, nicht wahr?

FRAU VON BEBENBURG Jeder Mann schätzt, hoffe ich, die Ehre seiner Frau.

VON SEDLITZ Das sagt Leutnant Sawatzki auch. Also hätte Herr von Bebenburg Grund, ihn zum Duell zu fordern. Habe ich recht?

FRAU VON BEBENBURG Mein Freund, wovon sprechen Sie?

VON SEDLITZ Ich habe Sie heute Nacht »meine Salome« genannt.

FRAU VON BEBENBURG Und warum sollte mein Mann Leutnant Sawatzki zum Duell fordern?

VON SEDLITZ Nun, eben deswegen.

FRAU VON BEBENBURG Ach so. Sie suchen einen Grund, mich zu erniedrigen. Mein Freund, wenn Sie das erwiesene Vertrauen einer unschuldigen Frau benutzen wollen, um meinen Mann in den Tod zu schicken, dann soll Ihnen gesagt sein ... Meinen Bruder bitte ich nicht um

Beistand, aber ich wünschte, mein Mann käme diesen Augenblick zurück.

VON SEDLITZ Wo sollte der herkommen?

FRAU VON BEBENBURG Aus den Gosener Bergen.

VON SEDLITZ Zu welchem Zweck?

FRAU VON BEBENBURG Um sich von der Unschuld seiner Frau zu überzeugen.

VON SEDLITZ Für die ich mich allerdings verbürgen kann.

FRAU VON BEBENBURG Vollkommen richtig. Denn ich bin, wie Sie sich überzeugen konnten, absolut unberührbar.

VON SEDLITZ Machen Sie keine Witze.

FRAU VON BEBENBURG Mein Freund, Sie gefallen mir. Und es gibt offenbar Dinge im Leben, die entziehen sich Ihrem Verständnis.

VON SEDLITZ Und Sie verwirren mich aufs Äußerste.

FRAU VON BEBENBURG Verwirre Sie aufs Äußerste? Sie können gehen. Niemand hindert Sie daran, dieses Zimmer wieder zu verlassen.

VON SEDLITZ Gerade dies wäre für mich unannehmbar.

FRAU VON BEBENBURG Erklären Sie sich deutlicher.

VON SEDLITZ Ich kann dieses Zimmer nicht verlassen, ohne eine Erklärung abzugeben. Aber ich wiederhole: Sie hindern mich an eben der Haltung, die eine solche Erklärung fordert.

FRAU VON BEBENBURG Dann tun Sie, was Sie nicht lassen können. Nehmen Sie endlich Haltung an. Ich bitte Sie sehr darum, Herr von Sedlitz.

VON SEDLITZ *erhebt sich, knöpft seine Jacke zu, verbeugt sich* Gnädige Frau, ich muss Ihnen eine Nachricht zukommen lassen. Es geht um Ihren Mann. Er ist …

FRAU VON BEBENBURG Sie sagen dies in einem Ton, als ob er tot wäre. Und wirklich: Auch wenn Karl jetzt in einem Sarg liegen würde, ich habe Sehnsucht, ihn auf der Stelle zu sehen.

VON SEDLITZ Ich bitte Sie nochmals, gnädige Frau: Machen Sie keine Witze.

FRAU VON BEBENBURG Johanna!

Das Dienstmädchen tritt auf.

Sagen Sie dem Gärtner, er soll anspannen.

VON SEDLITZ Frau von Bebenburg!

FRAU VON BEBENBURG Schweigen Sie. Ich habe nicht die Absicht, mit Ihnen zu reden.

VON SEDLITZ Was haben Sie vor?

FRAU VON BEBENBURG Ich fahre zu meinem Mann.

VON SEDLITZ Aber das geht nicht. Ich muss Ihnen etwas sagen, Frau von Bebenburg.

Sie verlässt das Zimmer in Richtung Diele.

Um Gottes willen. *Er fingert erregt nach seiner Uhr.* Was mache ich hier? Wie konnte es dazu kommen? Ich muss zur Spandauer Kapelle. Aber nicht, bevor … *Er zieht den Totenschein aus der Jackentasche.* Ich Idiot, ich benehme mich wie ein Primaner. Frau von Bebenburg!

JOHANNA Was erregen Sie sich so?

VON SEDLITZ Ich muss Ihnen ein Dokument übergeben!

JOHANNA Das geht nicht. Sie hören doch: Die gnädige Frau verlässt das Haus.

VON SEDLITZ Wo will Frau von Bebenburg hin?

JOHANNA Wohin schon. Ich nehme an, in die Gosener Berge.

VON SEDLITZ Das müssen wir verhindern.

JOHANNA Ja, warum das?

VON SEDLITZ Haben Sie ein Reitpferd?

JOHANNA Ja.

VON SEDLITZ Her damit.

JOHANNA Es ist krank, das können Sie nicht nehmen.

VON SEDLITZ Schnell, rufen Sie mir eine Droschke!

JOHANNA Ehe die hier ist, ist die gnädige Frau vom Hof. Da, hören Sie?

Man hört eine Kutsche anfahren.

Die Kutsche stand schon bereit. Der Gärtner wollte Kästen aus der Tischlerei holen.

VON SEDLITZ Wer lenkt die Pferde?

JOHANNA Das tut die gnädige Frau selbst. Ja, die gnädige Frau fackelt nicht lange. Was sie sich in den Kopf gesetzt hat, das führt sie sofort aus.

VON SEDLITZ *hört, wie die Kutsche sich rasch entfernt* Dann bin ich allerdings vernichtet. Ich kann mich nirgends mehr blicken lassen. Und das hier ... *Er steckt den Totenschein wieder ein.* Frau von Bebenburg, warum tun Sie dies alles? Wenn ich meine Pistole bei mir hätte, ich würde mich auf der Stelle erschießen.

FRAU VON BEBENBURG *tritt in Hut und Mantel, einen Strauß Astern in der Hand, durch die entgegengesetzte Tür wieder ins Zimmer.*

Wir werden heute nicht zum garten gehen.
Denn wie uns manchmal rasch und unerklärt
Dies leichte duften oder leise wehen
Mit lang vergessner freude wieder nährt:

So bringt uns jenes mahnende gespenster
Und leiden das uns bang und müde macht.
Sieh unterm baume draussen vor dem fenster
Die vielen leichen nach der winde schlacht!

Vom tore dessen eisen-lilien rosten
Entfliegen vögel zum verdeckten rasen
Und andre trinken frierend auf den pfosten
Vom regen aus den hohlen blumenvasen.

Du hast mir Astern gepflückt?

VON SEDLITZ Nicht, dass ich wüsste.

FRAU VON BEBENBURG Johanna, verlassen Sie augenblicklich den Salon.

Das Dienstmädchen verlässt das Zimmer.

Bist du bereit?

VON SEDLITZ Wozu?

FRAU VON BEBENBURG Es regnet. Und es ist kalt. Du solltest dich wärmer anziehen. Wir wollen im Park spazieren gehen.

VON SEDLITZ Ich habe nicht die Absicht.

FRAU VON BEBENBURG Aber zuvor solltest du deinen Tee austrinken.

Von Sedlitz rührt sich nicht.

Was machst du für ein Gesicht? Du bist so blass, es ist, als hätte dir unser gemeinsames Frühstück keine Freude gemacht.

VON SEDLITZ Gnädige Frau, ich muss Ihnen etwas sagen.

FRAU VON BEBENBURG Schon wieder? *Sie dreht den Astern langsam die Köpfe ab und lässt sie fallen.*

Währenddessen:

Die blume die ich mir am fenster hege
Verwahrt vom froste in der grauen scherbe
Betrübt mich nur trotz meiner guten pflege
Und hängt das haupt als ob sie langsam sterbe

Um ihrer frühern blühenden geschicke
Erinnerung aus meinem sinn zu merzen
Erwähl ich scharfe waffen und ich knicke
Die blasse blume mit dem kranken herzen

Was soll sie nur zur bitternis mir taugen?
Ich wünschte dass vom fenster sie verschwände …
Nun heb ich wieder meine leeren augen
Und in die leere nacht die leeren hände.

Das war Stefan George.

VON SEDLITZ Ich weiß.

FRAU VON BEBENBURG Schwörst du auf die Poesie?

VON SEDLITZ Nicht unbedingt.

FRAU VON BEBENBURG Aber du solltest auf die Poesie schwören. Nur die Poesie hilft uns über die tagtägliche Langeweile hinweg.

VON SEDLITZ Ich empfinde keine Langeweile.

FRAU VON BEBENBURG Johanna!

Das Dienstmädchen kommt zurück.

Heb die Astern auf. Sie haben Frost bekommen. Es lohnt nicht, sie in die Vase zu stellen.

VON SEDLITZ *während das Mädchen die Astern aufhebt* Gnädige Frau, Ihr Mann hat sich duelliert.

FRAU VON BEBENBURG Weswegen?

VON SEDLITZ Ihretwegen.

FRAU VON BEBENBURG Und, ist er tot?

VON SEDLITZ Ja. Er liegt in einer Kapelle bei Spandau. Ich habe hier … *Er will den Totenschein hervorholen.*

FRAU VON BEBENBURG Gut ausgedacht. Ja, so habe ich es gern. Das wäre die Art, wie wir miteinander auskommen.

VON SEDLITZ Es ist wahr!

FRAU VON BEBENBURG So sehr liebst du mich, dass du meinen Mann tot wünschst? Dafür sollst du reichlich belohnt werden. Johanna, bring Herrn von Sedlitz die Garderobe. Und stell zwei Schirme bereit. Ich habe den sehnlichsten Wunsch, mit einem derart unterhaltsamen Mann auf dem Wasser Kahn zu fahren.

7

In der Spandauer Kapelle. Fritsche, von Baltikow, der Kutscher, ein Gehilfe, der Pfarrer.

PFARRER So, hier ist die kostbare Fracht. Es wäre freundlich, wenn Sie den Sarg, immer die Füße zuerst, hier ist das Kopfende, auf den Wagen tragen würden. Aber, Herrschaften, ich bitte Sie: Nehmen Sie, bevor Sie sich einem Toten nähern, wenigstens die Mützen ab!

Kutscher und Gehilfe nehmen die Mützen ab, wollen den Sarg anheben.

VON BALTIKOW Moment!

PFARRER Ja, was gibt es nun noch, Herr von Baltikow.

VON BALTIKOW Bevor meine Schwester den Toten übernehmen darf, müssen gewisse Umstände geklärt werden.

PFARRER Ja, was für Umstände?

VON BALTIKOW Es ist nicht ohne Bedeutung, was jetzt in der Villa am Hundekehlesee passiert.

FRITSCHE Ja, was soll da passieren?

VON BALTIKOW Ich weiß es nicht. Aber ich habe eine gewisse Ahnung …

PFARRER Ahnungen, Herr von Baltikow, zumal gewisse,

haben viele Menschen. Das muss nichts weiter bedeuten. Aber ich verstehe Sie: Sie sind gekränkt, da Ihre Schwester Sie abgewiesen hat. *Zu den Handlangern* So, und nun Herrschaften, haben Sie endlich die Freundlichkeit, und tun Sie, worum ich Sie gebeten habe.

Der Kutscher, der Gehilfe tragen den Sarg aus der Kapelle. Währenddessen:

FRITSCHE *zu von Baltikow* Werden Sie mich begleiten?

VON BALTIKOW Nein.

FRITSCHE Aber ich bitte Sie!

VON BALTIKOW Erst muss ich wissen, was an diesem verschwiegenen See vor sich geht. Tatsache ist: Wir haben ein gewisses Subjekt zu Frau von Bebenburg geschickt, und Tatsache ist, dass dieses gewisse Subjekt nicht wieder zum Vorschein kommen will.

FRITSCHE Aber ich bitte Sie! Der Bengel – pardon, aber ich kann ihn nicht anders benennen – hat wieder versagt. Aus welchem Grund? Ich verzeihe ihm, und nun ist er über alle Berge. Es wäre auch zu viel verlangt, wenn er jetzt, hier vor unseren Augen, das gleiche Eingeständnis wiederholen sollte.

VON BALTIKOW Trotzdem. Ich werde das Haus beobachten lassen.

FRITSCHE Daran kann Sie natürlich niemand hindern. *Er geht hinaus.*

Der Gehilfe kommt zurück.

DER GEHILFE Herr Pastor, ein Herr möchte Sie dringend sprechen.

PFARRER Ich komme sofort.

VON BALTIKOW Wann wird die Beerdigung sein?

PFARRER Nach Vorschrift innerhalb einer Woche.

VON BALTIKOW Werden Sie die Grabrede halten?

PFARRER Es kommt darauf an, ob Ihre Schwester mich darum bittet.

VON BALTIKOW Es könnte sein, dass meine Schwester das Recht verwirkt hat …

DER GEHILFE *kommt zurück* Herr Pastor, ein Herr möchte Sie dringend sprechen.

PFARRER Er soll kommen. Jeder weiß, wo ich im Augenblick zu finden bin. *Zu von Baltikow* Das Recht, Herr von Baltikow, den Gatten nach eigenem Geschmack und Gutdünken unter die Erde zu bringen, werden Sie Ihrer Schwester nicht absprechen können. Zumal der Gatte, wenn ich die Sache recht in Erinnerung habe, für Frau von Bebenburg sein Leben gelassen hat. Aber keine Angst: Ich werde Ihnen, falls man Sie ohne Nachricht lässt, Tag und Stunde der Beerdigung mitteilen.

Von Baltikow verlässt die Kapelle. Der Gehilfe kommt zurück.

DER GEHILFE Herr Pastor, ein Herr möchte Sie dringend …

PFARRER Himmelherrgott, ja!

Von Sedlitz tritt auf.

Was, Sie hier?

VON SEDLITZ Ich flehe Sie an, verurteilen Sie mich nicht!

PFARRER Sie Unglücklicher! Sie wagen es noch herzukommen?

VON SEDLITZ Vor allen Dingen möchte ich nicht gesehen werden.

PFARRER Der Leichenzug ist diesen Augenblick abgefahren. Schließen Sie sich ihm an, wenn Sie noch einen Funken Ehre im Leib haben.

VON SEDLITZ Ich habe keine Ehre mehr.

PFARRER Was sind das nun wieder für Redensarten!

VON SEDLITZ Ich muss Sie für zwei, drei Minuten sprechen. Und wenn Sie mich daran hindern, werde ich mich erschießen. *Er zieht seinen Revolver.*

PFARRER *zum Gehilfen* Gehen Sie, und schließen Sie von außen die Tür.

Der Gehilfe schließt von außen die Tür.

Und Sie stecken in Gegenwart eines Seelsorgers dieses alberne Eisen weg. Sie sollten sich schämen. Aber, Herr, was ist Ihnen? Sie zittern am ganzen Leibe.

VON SEDLITZ Zuerst müssen Sie versichern, dass Sie das Eingeständnis, das ich zu leisten habe, ernst nehmen werden.

PFARRER Ich verspreche es.

VON SEDLITZ *steckt den Revolver wieder weg* Wie Sie wissen, sollte ich Frau von Bebenburg die Nachricht vom Tode ihres Mannes überbringen.

PFARRER Diese Sache ist uns allen bekannt.

VON SEDLITZ Stattdessen wurde ich mit Frau von Bebenburg intim.

PFARRER Wie bitte?

VON SEDLITZ Ja, intim.

PFARRER Was soll das heißen?

VON SEDLITZ Ich denke, ich muss mich, selbst vor einem Seelsorger, darüber nicht näher erklären.

PFARRER Herr von Sedlitz, Sie sollten die Geduld, zu der ich verpflichtet bin, nicht länger auf die Probe stellen.

VON SEDLITZ Aber was ich sage, ist wahr. Ich schwöre es bei Gott dem Allmächtigen.

PFARRER Ich empfehle Ihnen einen Nervenarzt. Es gibt Überspanntheiten, die mit einer Kur behoben werden können, und Sie scheinen mir wahrhaftig in einem Zustand ... Sehen Sie, wir wollen nachsichtig sein: Sie sind jung und unerfahren, und Sie haben nicht geahnt, dass Sie am Hundekehlesee einer derart außergewöhnlichen Erscheinung begegnen würden.

VON SEDLITZ Nein, das habe ich nicht geahnt.

PFARRER Nun, ich kenne Frau von Bebenburg von Kind auf, und auch ich war, bevor mich die Passion zur Seelsorge auf andere, sozusagen seriösere, Dinge aufmerksam machte, für diese übermächtige, leider ganz und gar unnahbare Schönheit empfänglich. Sie hat mich aufs Äußerste verwirrt. Ja, sie hat mich, ich gestehe es, in unwürdige Wünsche und Empfindungen gestürzt. Aber ich wäre nie auf den Gedanken gekommen, eine Frau deswegen zu verleumden.

VON SEDLITZ Was ich Ihnen eben zu sagen hatte, wird

mir kein Lebender auf dieser Welt glauben. Ist es so, Herr Pfarrer?

PFARRER Auch kein Toter auf dieser Welt, das versichere ich Ihnen, junger Mann. Und Herr von Baltikow wird Sie, falls Sie bei Ihrer Behauptung bleiben, über den Haufen schießen, und dann habe ich wieder einen ungebetenen Sarg in meiner Kapelle. Ja, haben Sie das nötig? Sie, in Ihren Jahren! Sie werden wohl noch über den Anblick einer schönen Frau hinwegkommen, auch wenn Sie in Ihrer, na, ich will mich höflich ausdrücken, Unschuld Traum und Wirklichkeit verwechseln.

VON SEDLITZ Sie hat Stefan George rezitiert.

PFARRER *öffnet wieder die Tür ins Freie* Ja, warum sollte sie George nicht rezitieren?

VON SEDLITZ Aber wie sie es tut.

PFARRER Sicher eindrucksvoll. Frau von Bebenburg war für die Poesie immer zu haben.

VON SEDLITZ Sie redet wie eine Schlange, und ich habe nicht die Kraft, von ihr loszukommen. Sie zwingt mich in ihre Nähe und umarmt mich mit einer Leidenschaft … Und doch habe ich das Gefühl, neben einer Marmorstatue zu liegen.

PFARRER *ruft* Wilhelm!

VON SEDLITZ Sie macht mir Angst. Ihr Benehmen ist derart unergründlich. Denken Sie nicht, ich hätte geschwiegen: Ich habe ihr die Nachricht vom Tode ihres Mannes überbracht, sie hat darüber gelächelt. Ich weiß, es klingt unglaublich, aber ich sage dies alles nur, um mein Gewissen zu entlasten.

PFARRER Wilhelm!

VON SEDLITZ Denn es zieht mich unwiderstehlich an diesen See zurück, auf dem wir, falls wir uns nicht umarmen, ununterbrochen Kahn fahren. Natürlich hätte ich die Pflicht, wie die Dinge nun einmal sind, weitere Besuche zu unterlassen. Aber ich kann es nicht. Sie hat mich für acht Uhr wieder in ihren Salon bestellt. Sagen Sie mir, was ich tun soll. So geben Sie mir endlich einen Rat, Herr Pastor.

DER GEHILFE *kommt zurück* Gibt es etwas Dringendes?

PFARRER Ja. Zeige dem Herrn den kürzesten Weg aus der Spandauer Gegend.

DER GEHILFE Aber gern. *Er drängt von Sedlitz aus der Kapelle.* Mann, Sie hören, der Pastor hat jetzt keine Zeit mehr. Nehmen Sie also, wenn ich raten darf, den Weg zur Chaussee.

VON SEDLITZ Wie spät ist es?

DER GEHILFE Spät. Es wird bereits dunkel.

VON SEDLITZ Wo ist der Sarg?

DER GEHILFE Ich schätze, bereits hinter der Kanalbrücke.

VON SEDLITZ Wo soll er hin?

DER GEHILFE Wo er hingehört. Zur Witwe. In die Laube.

VON SEDLITZ Aber das geht nicht.

DER GEHILFE Ja, Mann, warum sollte das nicht gehen?

VON SEDLITZ Frau von Bebenburg ist völlig unvorbereitet, und ich habe den Totenschein. Und wenn sie erfährt, dass ich … dass wir … während ihr Mann … Obwohl … Ihr habt ja keine Ahnung. Es ist alles so unerklärbar. Ich muss die Übergabe verhindern. Um Gottes willen, wo ist mein Pferd! *Er läuft fort.*

DER GEHILFE *sieht ihm hinterher* Da, jetzt wirft er sich

auf die Stute. Und weg wie der Blitz. Was war das für ein aufgedrehter Vogel! Ich hätte ihn härter anfassen sollen.

PFARRER Lass nur. Er ist bestraft genug. Es ist nur schade, dass auf eine derart makellose Frau wieder der Schatten eines Denunzianten fallen muss.

8

Eine Woche später. Das Schlafzimmer. Frau von Bebenburg sitzt aufrecht im Bett. Von Sedlitz sitzt in Hemd und Hose, einen Lyrikband in Händen, abseits auf einem Stuhl und trinkt. Überall stehen Schnapsflaschen, liegen Pralinenschachteln herum.

VON SEDLITZ

Nun lass mich rufen über die verschneiten
Gefilde wo du wegzusinken drohst:
Wie du mich unbewusst durch die gezeiten
Gelenkt – im anfang spiel und dann mein trost.

Du kamst beim prunk des blumigen geschmeides
Ich sah dich wieder bei der ersten mahd
Und unterm rauschen rötlichen getreides
Wand immer sich zu deinem haus mein pfad.

Das war Stefan George. Prost! *Er trinkt.* Es wird dunkel. Wir sollten wieder diese Kerzen anzünden. Außerdem habe ich keinen Sekt mehr. Und das ist … *Er öffnet eine Flasche Likör, füllt sein Glas randvoll.* … kein Alkohol, das ist Zucker. Aber auch gut: Zucker braucht der Mensch. Mit Zucker kommt der edle Arthur von Sedlitz über die

Runden. *Er trinkt das Glas in einem Zug leer.* Das hätte ich vielleicht nicht tun dürfen. Geh jetzt nicht weg, Mäuschen. Ich muss mich übergeben. Wo willst du hin?

FRAU VON BEBENBURG *hat das Bett verlassen, will zur Tür* Das Mädchen rufen.

VON SEDLITZ Das Mädchen ist nicht mehr da.

FRAU VON BEBENBURG Dann rufe ich den Gärtner.

VON SEDLITZ Den habe ich auch entlassen. Geh nur ruhig ins Bett zurück. Wir sind, Gott sei's gedankt, mutterseelenallein im Haus.

FRAU VON BEBENBURG Sie haben das Dienstmädchen entlassen?

VON SEDLITZ Ja, warum nicht?

FRAU VON BEBENBURG Wie kommen Sie dazu?

VON SEDLITZ Frau von Bebenburg, es sind noch mehr Dinge geschehen, die Sie ungeschehen wünschen werden.

FRAU VON BEBENBURG *setzt sich aufs Bett zurück* Du hast mir Astern gepflückt?

VON SEDLITZ Nicht, dass ich wüsste.

FRAU VON BEBENBURG Aber es regnet draußen.

VON SEDLITZ Nein.

FRAU VON BEBENBURG Frierst du?

VON SEDLITZ Nein.

FRAU VON BEBENBURG Aber es ist kalt. Willst du nicht etwas essen?

VON SEDLITZ Nein.

FRAU VON BEBENBURG Mein Freund, Sie verschweigen mir etwas.

VON SEDLITZ Wie kommen Sie darauf?

FRAU VON BEBENBURG Ich spüre es. Sie verschweigen mir die ganze Zeit etwas.

VON SEDLITZ Niemand kann Tatsachen auf die Dauer verschweigen.

FRAU VON BEBENBURG Sagen Sie mir nichts. Ich hasse Tatsachen. Sie ahnen nicht, wie unglücklich ich bin. Und ich weiß, was Sie mir verschweigen wollen: Karl hat mich verlassen.

VON SEDLITZ Dein Mann ist, wie du weißt, in den Gosener Bergen.

FRAU VON BEBENBURG Er hat mich verlassen.

VON SEDLITZ Er hat dich nicht verlassen.

FRAU VON BEBENBURG Aber er kommt nicht mehr zurück.

VON SEDLITZ Wie soll er zurückkommen? Er ist längst da!

FRAU VON BEBENBURG Schrei mich nicht so an, du!

VON SEDLITZ Er liegt in der Laube. Wenn du willst, zeige ich dir seinen Leichnam.

FRAU VON BEBENBURG Wage es nicht, mich zu erschrecken! Du bist betrunken. Setz dich auf deinen Stuhl zurück!

VON SEDLITZ *setzt sich auf seinen Stuhl zurück* Komisch. Da liegt man nun eine Woche miteinander im Bett und vergisst allmählich, warum man eigentlich hergekommen ist. Also, zum letzten Mal, bevor es mir nicht mehr einfällt: Leutnant Fritsche bat mich, einem Herrn von Bebenburg zu sekundieren, der von einem Leutnant Sawatzki abgeknallt werden sollte und … Völlig altmodischer Kram das Ganze. Weißt du überhaupt, wofür dein Mann gestorben ist? Für die Ehre seiner Frau. Leutnant Sawatzki hat behauptet, du seist eine verdrehte Person und hättest ein Verhältnis mit ... Namen spielen keine Rolle. Und das war auch wieder nicht in den Wind gesprochen, oder?

FRAU VON BEBENBURG Karl sollte in der Lage sein, meinetwegen eine romantische Dummheit zu begehen? Versprechen Sie mir nicht zu viel. Karl tut gar nichts, Karl hat überhaupt nur in meinen Träumen existiert.

VON SEDLITZ Aber Sie waren, daran erinnern Sie sich hoffentlich, mit einem Herrn gleichen Namens verheiratet. Und ich versuche, Ihnen ununterbrochen klarzumachen, dass es diesen Herrn nicht mehr gibt. Aber Sie sehen stattdessen überall Astern. Frau von Bebenburg, ich hoffe, Sie haben nicht vor, den Rest Ihres Lebens ausschließlich in der Welt Ihrer Träume zu verbringen.

FRAU VON BEBENBURG Worin möchten Sie Ihr Leben verbringen, Herr von Sedlitz? Hat Gott Ihnen eine besondere Begabung, eine Leidenschaft verliehen?

VON SEDLITZ Nein. Ich fühle mich ganz und gar unnütz.

FRAU VON BEBENBURG Dann springen Sie ins Wasser.

VON SEDLITZ Warum?

FRAU VON BEBENBURG Wie können Sie so ein Leben aushalten?

VON SEDLITZ Das Leben ist, billiger Spruch, schäbig, und ich halte mich zurzeit, wie Sie sehen, an diesem Sektglas fest.

FRAU VON BEBENBURG Sie unverschämter Mensch. Sie sagen, das Leben ist schäbig, und sehen, dass ich mich mit dieser Schäbigkeit nicht abfinden kann?

VON SEDLITZ Ich wollte Sie nicht kränken.

FRAU VON BEBENBURG Wissen Sie, wie überflüssig Sie sind, mein Freund?

VON SEDLITZ Gewiss.

FRAU VON BEBENBURG Dann kennen Sie meine Einsamkeit.

VON SEDLITZ Frau von Bebenburg, ich bin in Ihren Augen ein nüchterner, wenig empfindsamer Mensch. Gott hat mir keine besondere Begabung, keine Leidenschaft verliehen. Ich fühle mich unnütz, ich lebe von den Zuwendungen meines Vaters … Aber es gab Stunden zwischen uns, da haben wir uns umarmt.

FRAU VON BEBENBURG Wie rücksichtsvoll.

VON SEDLITZ Sie empfanden die ganze Zeit mir gegenüber keine Zuneigung?

FRAU VON BEBENBURG Nein.

VON SEDLITZ Und ich könnte …

FRAU VON BEBENBURG … ohne eine Spur von Trauer zu hinterlassen, jederzeit wieder verschwinden.

VON SEDLITZ Wenn ich das einem Pfarrer anvertrauen würde, er würde mir wieder die Tür weisen lassen. Und es ist allerdings wahr, was die Legende behauptet: Es lebt eine Marmorstatue am Hundekehlesee. Aber Gott hat auch Sie erschaffen, und also müssen auch Sie eine Seele haben. Woran glauben Sie, Frau von Bebenburg?

FRAU VON BEBENBURG An meine Ehre.

VON SEDLITZ Und fürchten Sie nicht, dass ich der Welt mitteilen könnte, wie es um diese Ehre bestellt ist?

FRAU VON BEBENBURG Mein Freund, ich weiß nicht, wovon Sie reden.

VON SEDLITZ Ich habe Sie meine Salome genannt.

FRAU VON BEBENBURG Daran kann ich mich nicht erinnern.

VON SEDLITZ Das sagen Sie nicht im Ernst.

FRAU VON BEBENBURG Ich erinnere mich auch nicht, dass wir uns jemals umarmt hätten. Mein Freund, Sie haben einen Begriff von Ehre, der niederträchtig ist. Und waren wir uns nicht einig, dass das Leben schäbig ist? Also: Ich habe noch keinen Mann umarmt, den ich nicht verachtet hätte. Ich bin absolut unberührbar, dies ist meine Ehre. Und falls Sie es wagen sollten, diese Ehre anzutasten, dann wagen Sie es jetzt. Aber ich prophezeie Ihnen, Sie werden auch diesmal wieder als Verleumder dastehen.

VON SEDLITZ Ich verstehe Sie nicht.

FRAU VON BEBENBURG Genau davon habe ich eben gesprochen.

VON SEDLITZ *springt auf* Du, treibe mich nicht zum Äußersten!

FRAU VON BEBENBURG Benehmen Sie sich, Herr von Sedlitz.

VON SEDLITZ Ich könnte mich sonst vergessen. Du wirst mich nicht in die Verzweiflung treiben. Verdammt noch mal, Salome! *Er wirft sein Glas gegen die Wand.*

FRAU VON BEBENBURG Nennen Sie mich Frau von Bebenburg.

VON SEDLITZ Frau von … So kann man todernste Dinge unmöglich handhaben. Und ich wünschte, Ihr Mann säße hier auf diesem Stuhl und könnte sich von seiner Frau ein besseres Bild machen.

FRAU VON BEBENBURG Mein Freund, Sie machen mir

wieder Hoffnungen. Zuerst behaupten Sie, Karl hätte sich für meine Ehre duelliert, und jetzt wünschen Sie, er möge anwesend sein, um sich von seiner Frau ein besseres Bild zu machen. Aber dies habe ich mir von Karl immer gewünscht, und wenn Sie es fertigbrächten, ihn auf der Stelle … Sagtest du nicht, er wäre in der Laube?

VON SEDLITZ Allerdings.

FRAU VON BEBENBURG Könnte man ihn nicht bitten, einmal vor den Augen seiner Frau zu erscheinen? Gesetzt den Fall, er hätte Zeit, da er doch jahrein, jahraus damit beschäftigt war, auf Manövern seinen hellbraunen Hengst zu reiten.

VON SEDLITZ Reize mich nicht. Ich bringe ihn dir und setze ihn auf diesen Stuhl. Ich wäre dazu imstande, wenn du mich weiterhin so reizt. Aber vorher müsstest du dich natürlich kämmen.

FRAU VON BEBENBURG Und du solltest dich anziehen, wenn du meinen Mann in ebendieses Schlafzimmer bittest, das er seit Jahren nicht mehr betreten hat.

VON SEDLITZ Ist das dein Ernst?

FRAU VON BEBENBURG Es ist mein vollkommener Ernst. Und bitte ihn darum, dass er mir einen Strauß Astern mitbringt. Wir hatten den ersten Frost, aber die Astern, glauben Sie mir, mein Freund, sind noch nicht verwelkt.

Wenn ich heut nicht deinen leib berühre
Wird der faden meiner Seele reissen
Wie zu sehr gespannte sehne.
Liebe zeichen seien trauerflöre
Mir der leidet seit ich dir gehöre …

Das war Stefan George.

VON SEDLITZ Ich weiß. *Er kleidet sich an.* Meine Mutter, die leider viel zu früh verstorben ist, hat mir einmal gesagt: Mein Sohn, das Leben hält für dich manche Überraschung bereit. Aber es wird dich auf die Dauer nicht befriedigen. Darum achte darauf, dass du das Ankleiden vor dem Spiegel beherrschst, und nimm dir dabei vor allen anderen Dingen – Zeit. Kleide dich in aller Ruhe an, und gib wenigstens deinem Äußeren eine Ordnung, denn diese Ordnung, siehst du, mein Sohn, du wirst es nicht glauben, solange du jung bist, wird dich letzten Endes am Leben erhalten.

FRAU VON BEBENBURG *kämmt ihr Haar* Und ich habe von Kind auf darunter gelitten, dass mein Haar viel, ach leider viel zu dünn war. Es hing wie Phlox an meiner blassen Haut herunter. Und wie oft war ich darüber untröstlich, und wie oft habe ich davon geträumt: Gott möge über Nacht alles auswechseln. Und sehen Sie: Er hat meine Bitte erhört. Welche Frau hätte wie ich solch festes, schimmerndes, von seidiger Fülle überquellendes Haar?

VON SEDLITZ Niemand im Umkreis von hier bis zum Brandenburger Tor, das schwöre ich Ihnen.

FRAU VON BEBENBURG Und nun, sehen Sie, mein Freund, habe ich nicht einmal mehr Lust, ordnend mit diesem Kamm dazwischenzufahren. Wovon haben wir nur, und nach so kurzen Jahren, diese gewisse unwiderstehliche Form von – Ermüdung?

VON SEDLITZ Wir sollten wieder im Park Spaziergänge machen.

FRAU VON BEBENBURG Da haben Sie vollkommen recht.

VON SEDLITZ Und wieder kräftig essen. Und vor allem, wenn das Wetter es erlaubt, auf dem Hundekehlesee Kahn fahren.

FRAU VON BEBENBURG Ja, das sollten wir wirklich tun.

VON SEDLITZ Aber vorher sollten wir, wie beschlossen, und da das Ganze überfällig ist, Karl mit hinzubitten. Weißt du übrigens, wie lange wir schon beisammen sind? Heute ist der zweite November. Am vierundzwanzigsten Oktober war ich das erste Mal bei dir, und in einer Stunde wirst du deinen Mann wiedersehen. Und das Beste wäre, wir würden beide vor ihn hintreten und ihm unsere Liebe eingestehen und ihm, wenn er dazu nicht viel zu sagen hat, mitteilen, dass wir entschlossen sind … Würdest du Karls Verlust, der, wie du sagst, ohnehin nur seinen hellbraunen Hengst auf Manövern reiten konnte, verschmerzen, wenn ich dir stattdessen …

FRAU VON BEBENBURG Was du nun wieder redest.

VON SEDLITZ Aber ich liebe dich, Salome. Und dir wird, falls du auch nur einen Schein von Ehre aufrechterhalten willst, gar nichts anderes übrigbleiben, als unsere Liaison zu legitimieren. Nach einer gewissen Zeit, mit der nötigen Vorsicht, versteht sich. Ich will dich natürlich nicht erpressen, nur: Die Laube, in der dein Mann logiert, steht offen. Seine Anwesenheit ist entdeckt, und du wirst, das schwöre ich dir, keinen Menschen finden, der dich liebt und derart darauf versessen ist, dir in allem, komme, was da wolle, Beistand zu leisten.

FRAU VON BEBENBURG Sie irren sich, mein Freund. Ich bin …

VON SEDLITZ … absolut unberührbar. Ich weiß, ich weiß.

Er zieht den Totenschein hervor und legt ihn auf den Tisch. Schweigen.

VON SEDLITZ Tja also ... Dann gehe ich jetzt.

FRAU VON BEBENBURG Ja, gehen Sie. Aber bleiben Sie nicht zu lange fort.

VON SEDLITZ Kaum der Rede wert. Die Sache ist rasch erledigt. Bis zur Laube sind es nur wenige Schritte.

Er geht fort.

FRAU VON BEBENBURG Ja. Bis zur Laube sind es nur wenige Schritte. Und wenn Karl kommt, müsste ich mich natürlich kämmen und vor dem Spiegel wieder einmal ausgiebig Toilette machen. Aber wie gesagt: Wovon haben wir nur, und nach so kurzen Jahren, diese gewisse unwiderstehliche Form von Ermüdung.

Auf der Durchreise

Als ich eines Tages, es war Sommeranfang, ein paar Rosen für die Vase meines Studierzimmers aussuchte, meldete man mir unerwartet und für die frühe Stunde völlig unpassend einen Besuch. Herr Ordinow, auf der Durchreise nach Petersburg, wollte mich unbedingt treffen. Ich hatte die Bekanntschaft eines Herrn gleichen Namens nie gemacht, sah mich aber genötigt, ihn, da er mir seine Visitenkarte überreichen ließ und, wie ich feststellte, die Sympathien meiner Bediensteten gewonnen hatte, als Besucher vorzulassen. Und ich sollte es nicht bereuen: Herr Ordinow, obwohl mir unbekannt und obwohl auf der Durchreise nach Petersburg, begann zwanglos ein Gespräch. Er trat ein, verbeugte sich, er war ein Mann in den Vierzigern. Er legte Hut und Reisetasche auf den Kaminsims, er sagte:

»Mein Herr, ich bitte um Verzeihung. Die Sache ist die: Ich liebe Gespräche, und Sie wurden mir als einziger Mensch dieser Stadt genannt, der ein Gespräch meiner Wahl zu führen weiß. Und so bin ich, obwohl ich wenig Zeit habe, zu Ihnen geeilt. Mein Zug geht in der nächsten Stunde, er lässt sich nicht aufhalten. Wie gesagt, mein Name ist Ordinow, ich bin auf der Durchreise nach Petersburg.«

»Setzen Sie sich, mein Herr.«

»Ich danke Ihnen für Ihr Entgegenkommen.«

Ich ließ meine Rosen unsortiert, wir setzten uns. Ich wusste nicht, was ich von dieser Anrede zu halten hatte, aber Herr Ordinow lächelte, als wäre sein Erscheinen die selbstverständlichste Sache der Welt. Er musterte mich unverhohlen und mit Interesse. Ich sagte:

»Möchten Sie rauchen?«

»I bewahre.«

»Etwas Cognac?«

»Wer Gespräche meiner Wahl bevorzugt, braucht einen klaren Kopf.«

Dies war, wie mir schien, ein Anzeichen seiner Ungeduld. Ich legte Cognac und Rauchwaren beiseite und war nun zu jedem Gespräch bereit. Herr Ordinow musterte mich immer noch.

»Nun, mein Herr, was kann ich für Sie tun?«

»Sie lieben Rosen?«

»Gelegentlich. Es gibt aber keine Blume, die ich der anderen vorziehe.«

»Sehr verständnisvoll.«

Herr Ordinow zog eine Uhr hervor, kurzer Blick auf das Zifferblatt.

»Wir haben genau fünfundsiebzig Minuten Zeit.«

Und dann fragte er beiläufig, ohne sich in der Sache näher zu erklären, so als würde er den nächstbesten Passanten um eine Auskunft bitten:

»Mein Herr, beantworten Sie mir, ich bitte Sie, folgende Frage: Sollte man sich, wenn einem danach zumute ist, eine Kugel durch den Kopf schießen?«

»Das würde ich nicht tun.«

»Warum nicht?«

»Es ist tautologisch, werter Herr, sich das Leben zu nehmen, wenn man sowieso sterben muss.«

»Warum dann überhaupt leben?«

»Ja, so können Sie die Frage nicht stellen. Man lebt. Alle näheren Konsequenzen, das Sterben eingeschlossen, ist man seinem Dasein schuldig.«

»Was geht mich ein Dasein an, das mich sterben lässt?«

»Schon diese Frage verdanken Sie einzig und allein Ihrem Dasein.«

»Sie reden, als würden Sie etwas wissen.«

»Ich weiß ebenso wenig wie Sie.«

»Haben Sie keine Hoffnung auf eine erlösende, höhere Welt?«

»Wo sollte die herkommen.«

»Was war für mich vor meiner Existenz?«

»Nichts.«

»Was folgt für mich nach meiner Existenz?«

»Nichts.«

»Was bin ich?«

»Sie sind nichts weiter als existent, was heißen soll: Sie sind, solange Sie sind, und danach sind Sie nicht mehr, auch wenn das Ganze zwei Minuten dauert.«

»Reden Sie so aus Überzeugung?«

»Ich rede aus vollkommener Überzeugung.«

»Und finden Sie Ihre Überzeugungen nicht trostlos?«

»Selbstverständlich. Aber finden Sie es tröstlicher, sich eine Kugel in den Kopf zu schießen?«

Hierauf folgte Schweigen. Der Dialog schien Herrn Ordinow zu gefallen. Er musterte mich erneut, wobei er amüsiert die Mundwinkel verzog. Ich meinerseits war entschlossen, mich jeder Herausforderung, wohin sie auch führen sollte, zu stellen. Ich sagte, da er keine Miene machte, den Dialog fortzusetzen:

»Wie kann ich Ihnen helfen?«

»Besten Dank. Ich bin sehr zufrieden.«

Er zog ein silbernes Etui hervor, nahm daraus zwei, drei Pillen, griff zur Cognac-Karaffe, fragte:

»Erlauben Sie?«

»Gern«, antwortete ich. »Aber Cognac sollte man zur Medizin nicht verabreichen. Und außerdem wollten Sie doch nichts trinken.«

»Ich kuriere jedes Leiden auf meine Weise.«

Damit nahm er, nachdem er sein Glas gefüllt hatte, einen kräftigen Schluck, dazu die Pillen. Er lauschte in sich hinein, wie um die Wirkung seiner Medizin abzuwarten. Er lächelte.

»Was haben Sie?«

»Ich leide unter einem Zustand, wie soll ich ihn beschreiben? Es ist etwas wie Melancholie. Ich kann keine Pistole an der Wand hängen sehen, schon spüre ich die Versuchung, mich zu erschießen. Ich suche Gespräche, ich genieße die Arbeit meiner Gedanken, ja ich lebe ausschließlich in der Freude über die Fähigkeit meines Gehirns, um jenen hartnäckigen Wunsch zu verdrängen, und muss erleben, dass diese Fähigkeit außerordentlich begrenzt ist.«

»Sie übertreiben, Herr Ordinow.«

»Wirklich?«

»Ich versichere Ihnen, Sie sind ein Mann von außerordentlichem Verstand.«

»Schonen Sie mich nicht. Ich habe dieses Gespräch gesucht, und ich hätte Anlagen zum Verstand außerordentlich nötig. Obwohl ... Was sagten Sie? Es gibt eine Freiheit zum Tode? Unmöglich. Ich habe den Faden unseres Gesprächs verloren, ich befinde mich im Zustand der Konfusion, kurz und gut, so etwas hat mir noch niemand gesagt. Aber ich habe diese wunderbaren Pillen, in zwei, drei Minuten ist der Schaden behoben.«

»Darf ich fragen, was für eine Medizin Sie einnehmen?«

»Beruhigungspillen. Da es offenbar darauf ankommt, meine Freiheit zum Tode zu dämpfen.«

»Ich hoffe, Sie nehmen mich ernst, Herr Ordinow.«

»Sie erhalten bald den Nachweis, wie ernst ich Sie nehme. Aber zuvor wollen wir noch etwas abschweifen. Oh, Sie ahnen nicht, wie wenige Leute es gibt, mit denen man überhaupt ein Gespräch führen kann! Wo waren wir stehen geblieben? Ach ja. Vielleicht ist es Faulheit oder Schwäche oder Krankheit, aber seit ich Herr meiner Entscheidungen bin und meine Unabhängigkeit durch Geschäftsreisen gesichert ist, kaufe ich mir jedes Mal, wenn ich unterwegs bin, einige Pistolen. Sehen Sie her!«

Herr Ordinow zog eine Pistole hervor.

»Ist sie nicht wunderschön. Sie ist aus Amsterdam. Sie ist nicht größer als Daumen und Zeigefinger. Und hier ...«

Er deutete auf den Abzug.

»Silber. Ein Druck auf dieses Silber und ... Mein Herr, ich nehme mir die Freiheit, ich folge Ihnen für diesen Augenblick, ich sage: Das Leben ist kurz, es ist die einzige Form meines Daseins, das der Tod sowieso ereilt, da er eine nähere Konsequenz meines Daseins ist.«

»Richtig, denn die Welt hat noch keinen sterben sehen, der nicht vorher gelebt hat.«

»Ich danke Ihnen für Ihr Entgegenkommen. Ich sage also: Mein Leben ist jener Funke Bewusstsein, den ein Zufall der bewussten Natur abgerungen hat. Die Natur öffnet an mir gleichsam für einen Augenblick die Augen, und ich bin jenes geöffnete Auge, das sieht und in jenem Sehen auch gleich seines künftigen Erblindens gewahr wird. Korrekt?«

»Vollkommen korrekt.«

»Warum also das Ganze? Hätte die Natur ihre Augen nicht ebenso gut geschlossen halten können?«

»Das hätte sie, Herr Ordinow, aber sie hat es nicht getan.«

»Also raten Sie mir.«

»Wozu soll ich Ihnen raten?«

»Geben Sie meinem Leben einen höheren Sinn.«

»Das wäre vermessen. Es gibt Leute, die froh sind, wenn sie genügend zu essen haben. Wenn Sie mich nach dem Sinn Ihres Lebens fragen, muss ich Ihnen sagen, Ihr Leben hat natürlich gar keinen Sinn. Sie müssen der Sache schon etwas hinzufügen. Man wird geboren, man öffnet die Augen, oder man ist, wie Sie so schön sagten, das an sich selbst vollzogene Auge der Natur, das seinem eigenen Sehen und seinem Erblinden zusieht. Und nun muss man, und dies ist die Ansicht des Philosophen meiner Wahl, gegen seine Erblindung ankämpfen und möglichst viel sehen.«

»Mehr haben Sie mir nicht zu bieten?«

»Nein. Vielleicht nehmen Sie etwas Cognac?«

»Herr, wenn ich sterben müsste, wie eine Fliege stirbt, die an der Wand sitzt oder im Honig schwimmt oder unter die Klatsche gerät – das wäre das glückliche unbewusste Dasein. Aber ich bin keine Fliege. Ich sitze auf dem Honig und habe eine Vorstellung von der Klatsche.«

»Wir sitzen auf dem Honig und haben eine Vorstellung von der Klatsche. Wir reflektieren, allerdings. Aber wer einsichtig reflektiert, weiß, man sollte sich mit dieser Vorstellung aussöhnen.«

»Goldene Worte. Wer sollte diese Aussöhnung zustande bringen?«

»Sie selbst.«

»Versprechen Sie mir nicht zu viel.«

»Ich verspreche Ihnen nicht mehr und nicht weniger, als was jeder Mensch werden kann.«

»Nämlich?«

»Einigermaßen vernünftig.«

»Glauben Sie mir, ich bemühe mich, seit ich Herr meiner Gedanken bin, vergebens darum. Aber Sie machen mich neugierig: Was sind also, in die kürzeste Form gebracht, die Gedanken des Philosophen Ihrer Wahl betreffs der menschlichen Vernunft?«

Diese Frage kam mir sehr gelegen.

»Der Philosoph meiner Wahl«, sagte ich, »setzt nicht die triebhafte Natur des Menschen, sondern das Werden der Vernunft an ihm wesentlich, und auf diesen Prolog folgt endlich das Schauspiel, denn was am Menschen wesentlich ist, das muss er werden. Jetzt sieht man, wie die Vernunft, endlich, natürlich viel zu spät, aus der abstrakten, versteckten Sphäre ihrer Möglichkeiten in ihr konkretes, sichtbares Werden eintritt. Es ist wie der Aufgang der Sonne, der von der Natur erwartet wird, um ihre lebendige Kraft und Vielfalt bis ins Unermessliche zu erweitern. Sie ahnen, was in diesem Schauspiel auf uns zukommt?«

»Ich ahne es. Wie die Sonne die Natur zum Wachstum, aber auch zum heillosen Gegeneinander aufstachelt, so ergeht es dem Menschen mit der Vernunft. Ich kenne Leute, die mehr Geld und Intelligenz zur Ausbeutung ihrer Triebe aufbringen, als nötig war, das Kolosseum der Römer zu bauen.«

»Ja, genau so ist es. Das Tier lebt seiner Natur gemäß, es kennt keine Entscheidung, nur Gelegenheiten. Es produziert Nervenkitzel vor allem zu dem Zweck, sich und seine Art zu erhalten. Der Mensch aber, durch das Werden der Vernunft in den Stand der Erkenntnis versetzt, kann den Nervenkitzel seiner Natur jederzeit und so lange er will herbeizwingen.«

»Haben Sie etwas gegen den Nervenkitzel?«

»Nicht, solange ihm die Sittlichkeit Grenzen setzt. Aber Nero benutzte Christen als lebende Fackeln für seine erotischen Gartenfeste, Gilles de Rais schlitzte schwangeren Frauen die Bäuche auf, um beim Anblick ihres Fötus besser zu koitieren, Marquis de Sade erklärte die Tugend zur Gespielin für das Laster.«

»Exzesse.«

»Exzesse der Vernunft gegen die Vernunft, denn dies alles wurde aus der Fähigkeit zu denken geboren. Also gehört zur Fähigkeit des Denkens die Forderung nach Sittlichkeit, was heißen soll: Da der Mensch im Umgang mit seinesgleichen Gut und Böse, Richtig und Falsch, Edel und Gemein unterscheiden lernt, lernt er auch, den Gebrauch dieser Unterscheidung bei sich zu behalten, indem er ihn zum allgemeinen Gesetz erhebt.«

Ordinow stand auf, ging zum Fenster. Dort stand er eine Weile, sah in den Garten hinaus, und als er zurückkam, sagte er:

»Sehen Sie, da kommt meine alte Melancholie wieder, ich brauche auf der Stelle einige Pillen.«

Damit zog er sein silbernes Etui hervor, entnahm daraus zwei, drei der Pillen, griff zur Cognac-Karaffe, fragte:

»Und die Vernunft bleibt dem Menschen ausgeliefert?«

»Vollkommen.«

»Dann fürchte ich, der Philosoph Ihrer Wahl hat ein schönes Schauspiel geschrieben, das die Bretter dieser Welt nie erblicken wird. Ich kann nicht glauben, dass die Forderung nach Sittlichkeit der Hervorbringung seiner Vernunft irgendwie förderlich ist.«

Er nahm, nachdem er sein Glas gefüllt hatte, einen kräftigen Schluck, dazu die Pillen. Er lauschte in sich hinein. Er lächelte.

»Herr Ordinow, der Mensch hat einen Willen.«

»Zugegeben.«

»Dieser Wille macht ihn frei.«

»Ja. Er hat die Freiheit, seine Vernunft zu missbrauchen oder nicht.«

»Wer seine Vernunft missbraucht, ist nicht frei.«

»Das erklären Sie, wem Sie wollen.«

»Dazu braucht es keine Erklärung.«

»Gut, dann amüsieren wir uns eben so.«

»Der Mensch muss frei sein, oder er riskiert seinen Untergang.«

»Was immerhin auch eine Möglichkeit ist.«

»Die es zu verhindern gilt.«

»Ja, für die zehn, zwanzig Jahre, die unsereins lebt.«

»Es ist immerhin etwas.«

»Und was soll hierbei der ganze Aufwand an Vernunft?«

»Er kultiviert Ihnen Ihr kurzes, zwanghaftes Dasein.«

»Herr, ich stelle höhere Ansprüche an mein Dasein, und mir genügt kein Leben, das sich im Kultivieren zwanghafter Handlungen erschöpft.«

»Dann sind Sie ein bedauernswerter Mann, und das Leben einer Fliege wird Ihnen unerreichbar sein. Aber wie Sie die Pillen, Sie verzeihen, Herr Ordinow, in sich hineinschütten, so werden Sie hoffentlich mit Ihrer Frau Ihre beiden Töchter nicht gezeugt haben.«

»Was gehen mich Frau und Töchter an. Die Zeiten sind lange vorbei.«

»Haben Sie Freude am Essen?«

»Ja, bis zum ersten Sodbrennen, dann lässt die Freude nach.«

»Lieben Sie sonst irgendwelche Ablenkung?«

»Ich lasse mich nicht ablenken.«

»Sie verzeihen, Herr Ordinow, Sie reisen. Sie waren, wie Sie versichern, im schönen Amsterdam, und Sie sind auf der Durchreise nach Petersburg. Was haben Sie gesehen?«

»Grachten. Wie sie auf jeder Postkarte vorkommen.«

»Und das Meer?«

»Das Meer. Herr, wenn Sie nach dem Meer Sehnsucht haben, fahren Sie nach Petersburg. Ein Wasser ist so gut wie das andere.«

»Haben Sie Ihren Töchtern ein Präsent mitgebracht?«

»Ja. Auch meine Töchter schätzen Pistolen. Herr, die Zeit verrinnt, und wir leben gern, das können Sie glauben.

Aber wir sind verwöhnt, wir brauchen andere Präsente, als Ihre Vernunft sie uns bieten kann. Die Vernunft soll nach den Auskünften des Philosophen Ihrer Wahl zur besseren Bequemlichkeit unseres Daseins beitragen. Ich bedanke mich. Ich benutze sie seit Längerem. Sie wäre demnach nichts Besseres als meine Schlafzimmertapete, die meinen Schlaf, mein erstes Frühstück, die Gelegenheiten zur Zeugung meiner Töchter ausschmücken hilft. Ebenso viel Bequemlichkeit begleitet mich, Sie können beruhigt sein, auf meinen Reisen. Denn da ich stets die komfortabelsten Billetts benutze, kann ich sagen, ich fahre mit dem größten Aufwand an Vernunft, und ich unterbreche nach so viel Bequemlichkeit für anderthalb Stunden meine Reise und führe mit dem einsichtigsten Menschen dieser Stadt ein Gespräch. Kurz und gut, ich kenne das Gefühl der Freiheit und weiß mein Leben so einzurichten, dass ich mich daran gewöhne, ja dass ich es zuletzt nicht mehr missen möchte. Aber gerade dann soll ich …«

»… sterben. Ich weiß, Herr Ordinow, ich weiß.«

»Haben Sie jemals einen Menschen von Kultur sterben sehen? Er hat den Schein seiner schönen, freien Individualität schätzen gelernt und kämpft …«

»… mit jeder Faser seines Gehirns gegen sein plötzliches, grausames, sinnloses Erlöschen.«

»Wäre es nicht besser, der Mensch hätte seine Freiheit zur Vernunft nie erfahren und würde sterben, wie ein Hund stirbt?«

»Es gibt Menschen, die sterben wie Hunde, weil sie wie Hunde gelebt haben. Sie kannten die Freiheit zur Vernunft nicht, da man sie ihnen vorenthalten hat. Was wollen Sie?

Ist es nicht tröstlicher, da der Tod unausweichlich ist, in seiner Sterbestunde zu wissen, dass man gelebt hat, statt zu sterben wie ein Hund?«

»Nein.«

»Warum nicht?«

»Weil gerade dies Wissen Ursache meiner Verzweiflung ist. Weil sich meine Vernunft nicht zur Tapete degradieren lässt. Ihre Freiheit zur Ablenkung, mein Herr, habe ich zeitlebens, da benötige ich sie nicht. Ich brauche sie in der Stunde meines Todes. Denn nicht wahr: Hier hinein führte mich meine Vernunft, jetzt soll sie mich gefälligst wieder hinausführen. Sie hat mich leben gelehrt, jetzt soll sie mich sterben lehren. Also was vermag meine Vernunft, die unnachahmliche Lebenskünstlerin, im Angesicht meines Todes? Was sagt der Philosoph Ihrer Wahl dazu?«

»Er erhält sich seinen Glauben an Gott.«

»Wie bitte?«

»Er erhält sich seinen Glauben an Gott.«

Ordinow lächelte. Er steckte seine Pistole weg, und ich hoffte, diese Bemerkung, die er so nicht erwartet hatte, würde an seiner Melancholie etwas bessern. Jedenfalls machte er ein Gesicht, als würden ihn die letzten Fragen der menschlichen Existenz nicht mehr ausschließlich an Pistolen mit silbernen Beschlägen denken lassen. Wir schwiegen, mich überkam ein angenehmes Gefühl der Ermattung, und auch Herr Ordinow schien nicht geneigt, dem Gespräch eine belebende Wirkung zu geben. Er lächelte, ich lächelte … Es wurde, wie gesagt, Zeit. Jetzt zog ich meinerseits eine Uhr hervor, ein flüchtiger Blick auf das Zifferblatt.

Ich sagte:

»Herr Ordinow, wenn Sie in dem Zug nach Petersburg sitzen, werde ich Ihnen anderthalb Stunden Ihres Lebens gestohlen haben. Sie verzeihen, wenn diese Zeit ganz und gar überflüssig war?«

»Im Gegenteil. Dies war für mich das wichtigste Gespräch meines Lebens, und ich werde daraus Konsequenzen ziehen. Sie haben mir in all meinen Fragen vollkommene Klarheit verschafft.«

»Wie könnte ich das. Sie machen mich verlegen, Herr Ordinow.«

»Ihre Rosen sind verwelkt.«

»Vorübergehend. Ein wenig Wasser wird ihnen wieder frische Farbe geben.«

»Was bin ich Ihnen für Ihre Bemühungen schuldig?«

»Ich bitte Sie.«

»Nein, im Ernst.«

»Herr Ordinow ...«

»Mein Herr, wenn ich in Petersburg einen Popen konsultiert hätte, ich schwöre Ihnen, er würde mehr als das Doppelte ...«

»Herr Ordinow, Sie beleidigen mich.«

»Geben Sie es Ihrer Bediensteten. Und nehmen wir an, ich war in Ihrer Gegenwart für einige Augenblicke frei.«

Mit diesen Worten legte er ein größeres Geldstück auf den Tisch, griff nach Hut und Reisetasche, verbeugte sich gegen mich, ging zur Tür, sagte mit hoch erhobenen Kopf, wobei er mir noch einmal ins Gesicht sah:

»Ich bin sehr zufrieden. Sie hören demnächst von mir.«

Und verschwand.

Vierzehn Tage später brachte mir meine Bedienstete die Zeitung. Ich las eine Notiz: Man teilte der Welt mit, dass sich Herr N. W. Ordinow, gut situierter Kornhändler aus Petersburg, bei bestem Wetter, es war, wie gesagt, Sommeranfang, im Kreise seiner Familie erschossen hat.

»Jede Art zu schreiben ist erlaubt –
nur die langweilige nicht.«

VOLTAIRE

Novellen
144 Seiten
Auch erhältlich als eBook

Novellen, die vom Zustand jener Unglücklichen erzählen, denen das Bewusstsein ein besonderes Verhängnis war. Novellen über Nietzsches Wahnsinn, die Goebbels-Kinder, den rätselhaften Freitod von Kleist und Henriette Vogel, den Nihilisten Alfred Seidel, der, kaum neunundzwanzig Jahre alt, in einer Erlanger Nervenklinik endete, und über eine Jüdin, die mit einem ss-Mann, ihrem Mörder, spazieren geht.

Novelle
112 Seiten
Auch erhältlich als eBook und Hörbuch-Download

Eine Virenseuche, die die Menschheit vernichten könnte: Doch droht dieser nicht ein viel schlimmerer Feind? Was bewundert ein Publikum bei der Darstellung einer Schwindsüchtigen auf der Opernbühne oder einer Absinth-Trinkerin in einem Museum? Wie die Natur ein Denkmal attackiert, das sich die Menschheit gesetzt hat. Über Trennungen und Erfahrungen von Wunden, die nicht heilen wollen. Und über Stolpersteine unserer Befindlichkeit.

Novellen
96 Seiten
Auch erhältlich als eBook

»Liebe ist keine Gelegenheit zur Freiheit, sie geschieht aus Not«, denkt eine Frau, die begreift, dass ihr Mann sie verlassen hat. Sätze wie dieser haben Hartmut Langes Prosa berühmt gemacht, dunkel leuchtend und geheimnisvoll und zugleich kristallklar und evident. Vier Novellen und ein autobiographischer Text – Weihnachten 1944 in Naßwerder, die Schrecken der Flucht, der Tod des Vaters und später des Bruders –, prägende Ereignisse für sein Leben und Schreiben.

Novellen
128 Seiten
Auch erhältlich als eBook

Fünf Novellen, die im Südwesten von Berlin spielen und durch die sich der Teltowkanal mit seinen schwarzen Krähen, versteckten Villen und unwegsamen Waldstücken wie ein roter Faden zieht. Darüber ein Himmel, der durch eine Aschewolke plötzlich verschlossen wird.